Clássicos da Literatura Brasileira

Arcadismo

Clássicos da Literatura Brasileira

Arcadismo

Basílio da Gama
Cláudio Manuel da Costa
Frei Santa Rita Durão
Tomás Antônio Gonzaga

editora HARBRA

Direção Geral: Julio E. Emöd
Supervisão Editorial: Maria Pia Castiglia
Assistente Editorial e Capa: Grasiele L. Favatto Cortez
Revisão Técnica: Márcia Helena Lopes
Revisão: Patricia Aguiar Gazza
Marina de A. C. Damas Oliveira
Programação Visual e Editoração Eletrônica: Darlene Fernandes Escribano
Impressão e Acabamento: HR Gráfica e Editora

Dados Internacionais de Catalogação na Publicação (CIP)
(Câmara Brasileira do Livro, SP, Brasil)

Arcadismo. -- São Paulo : HARBRA, 2009. --
(Clássicos da literatura brasileira)

Conteúdo: Basílio da Gama -- Cláudio Manuel da Costa --
Frei Santa Rita Durão -- Tomás Antônio Gonzaga.
ISBN 978-85-294-0356-8 (obra completa)
ISBN 978-85-294-0358-4

1. Arcadismo - Brasil 2. Poesia brasileira -
História e crítica I. Série.

09-00859 CDD-869.91

Índices para catálogo sistemático:
1. Poesia : Literatura brasileira 869.91

Clássicos da Literatura Brasileira – ARCADISMO

Rua Joaquim Távora, 779 – Vila Mariana – 04015-001 – São Paulo – SP
Promoção: (0.xx.11) 5084-2482 e 5571-1122. Fax: (0.xx.11) 5575-6876
Vendas: (0.xx.11) 5549-2244, 5084-2403 e 5571-0276. Fax: (0.xx.11) 5571-9777

ISBN da coleção 978-85-294-0356-8
ISBN do volume 978-85-294-0358-4

Impresso no Brasil *Printed in Brazil*

Sumário

Basílio da Gama

Nasceu em 08 de abril de 1740 em São João Del-Rei e faleceu em 31 de julho de 1795 em Lisboa. Seu pseudônimo árcade era Termino Sepílio.

Ingressou na Companhia de Jesus (ordem religiosa fundada pelos jesuítas, muito conhecida por suas obras missionárias e educacionais), mas em 1759 a ordem foi expulsa do Brasil. Basílio da Gama foi para Portugal e em seguida para Roma, onde ingressou na Arcádia Romana.

Foi em 1769 que publicou a sua principal obra, *O Uraguai*.

Foi denunciado e condenado pelo Marquês de Pombal por divulgar os ideais jesuítas, porém escreveu um poema à filha do marquês e este imediatamente o libertou da prisão.

A partir desse momento, passou a ser benquisto pela nobreza, obtendo grande êxito social.

O Uraguai

Poema épico que, de forma romanceada, conta o conflito entre portugueses e espanhóis, de um lado, e jesuítas e índios, do outro, em razão da posse das Missões, RS.

Canto Primeiro

A narrativa inicia com a visão do campo de batalha cheio de cadáveres e volta no tempo relatando a guerra entre indígenas e europeus.

Fumam ainda nas desertas praias
Lagos de sangue tépidos e impuros
Em que ondeiam cadáveres despidos,
Pasto de corvos. Dura inda nos vales
O rouco som da irada artilheria.
MUSA, honremos o Herói que o povo rude
Subjugou do Uraguai, e no seu sangue
Dos decretos reais lavou a afronta.

(...)

O nosso último rei e o rei de Espanha
Determinaram, por cortar de um golpe,
Como sabeis, neste ângulo da terra,
As desordens de povos confinantes,
Que mais certos sinais nos dividissem
Tirando a linha de onde a estéril costa,
E o cerro de Castilhos o mar lava
Ao monte mais vizinho, e que as vertentes
Os termos do domínio assinalassem.
Vossa fica a Colônia, e ficam nossos
Sete povos, que os Bárbaros habitam
Naquela oriental vasta campina
Que o fértil Uraguai discorre e banha.
Quem podia esperar que uns índios rudes,
Sem disciplina, sem valor, sem armas,
Se atravessassem no caminho aos nossos,
E que lhes disputassem o terreno!

(...)

Deixados os quartéis, enfim partimos
Por diversas estradas, procurando
Tomar no meio os rebelados povos.
Por muitas léguas de áspero caminho,
Por lagos, bosques, vales e montanhas,
Chegamos onde nos impede o passo
Arrebatado e caudaloso rio.
Por toda a oposta margem se descobre
De bárbaros o número infinito
Que ao longe nos insulta e nos espera.
Preparo curvas balsas e pelotas,
E em uma parte de passar aceno,
Enquanto em outra passo oculto as tropas.

(...)

Que eu também me retire, me aconselha,
Até que o tempo mostre outro caminho.
Irado, não o nego, lhe respondo:
Que para trás não sei mover um passo.
Venha quando puder, que eu firme o espero.

(...)

Canto Segundo

Os indígenas Sepé e Cacambo encontram o general português Gomes Freire de Andrade. Acontece o combate entre os nativos e os europeus, e estes ganham a batalha. Sepé morre em combate e Cacambo comanda a retirada dos derrotados.

Depois de haver marchado muitos dias
Enfim junto a um ribeiro, que atravessa
Sereno e manso um curvo e fresco vale,
Acharam, os que o campo descobriram,
Um cavalo anelante, e o peito e as ancas
Coberto de suor e branca escuma.
Temos perto o inimigo: aos seus dizia
O esperto General: Sei que costumam
Trazer os índios um volúvel laço,
Com o qual tomam no espaçoso campo
Os cavalos que encontram; e rendidos
Aqui e ali com o continuado
Galopear, a quem primeiro os segue
Deixam os seus, que entanto se restauram.
Nem se enganou; porque ao terceiro dia
Formados os achou sobre uma larga
Ventajosa colina, que de um lado
É coberta de um bosque e do outro lado
Corre escarpada e sobranceira a um rio.
Notava o General o sítio forte,
Quando Meneses, que vizinho estava,
Lhe diz: Nestes desertos encontramos
Mais do que se esperava, e me parece
Que só por força de armas poderemos
Inteiramente sujeitar os povos.
Torna-lhe o General: Tentem-se os meios
De brandura e de amor; se isto não basta,
Farei a meu pesar o último esforço.

(...)

Já para o nosso campo vêm descendo,
Por mandado dos seus, dois dos mais nobres.
Sem arcos, sem aljavas; mas as testas
De várias e altas penas coroadas,

E cercadas de penas as cinturas,
E os pés, e os braços e o pescoço. Entrara
Sem mostras nem sinal de cortesia
Sepé no pavilhão. Porém Cacambo
Fez, ao seu modo, cortesia estranha,
E começou: Ó General famoso,
Tu tens à vista quanta gente bebe
Do soberbo Uraguai a esquerda margem.
Bem que os nossos avôs fossem despojo
Da perfídia de Europa, e daqui mesmo
Co's não vingados ossos dos parentes
Se vejam branquejar ao longe os vales,
Eu, desarmado e só, buscar-te venho.
Tanto espero de ti. E enquanto as armas
Dão lugar à razão, senhor, vejamos
Se se pode salvar a vida e o sangue
De tantos desgraçados. Muito tempo
Pode ainda tardar-nos o recurso
Com o largo oceano de permeio,
Em que os suspiros dos vexados povos
Perdem o alento. O dilatar-se a entrega
Está nas nossas mãos, até que um dia
Informados os reis nos restituam
A doce antiga paz. Se o rei de Espanha
Ao teu rei quer dar terras com mão larga
Que lhe dê Buenos Aires, e Correntes
E outras, que tem por estes vastos climas;
Porém não pode dar-lhes os nossos povos.

(...)

Volta, senhor, não passes adiante.
Que mais queres de nós? Não nos obrigues
A resistir-te em campo aberto. Pode
Custar-te muito sangue o dar um passo.
Não queiras ver se cortam nossas frechas.
Vê que o nome dos reis não nos assusta.
O teu está muito longe; e nós os índios
Não temos outro rei mais do que os padres.
Acabou de falar; e assim responde
O ilustre General: Ó alma grande,
Digna de combater por melhor causa,
Vê que te enganam: risca da memória

Vãs, funestas imagens, que alimentam
Envelhecidos mal fundados ódios.
Por mim te fala o rei: ouve-me, atende,
E verás uma vez nua a verdade.

(...)

O rei é vosso pai: quer-vos felices.
Sois livres, como eu sou; e sereis livres,
Não sendo aqui, em outra qualquer parte.
Mas deveis entregar-nos estas terras.
Ao bem público cede o bem privado.
O sossego de Europa assim o pede.
Assim o manda o rei.

(...)

Dentro de pouco tempo um meu aceno
Vai cobrir este monte e essas campinas
De semivivos palpitantes corpos
De míseros mortais, que inda não sabem
Por que causa o seu sangue vai agora
Lavar a terra e recolher-se em lagos.
Não me chames cruel: enquanto é tempo
Pensa e resolve, e, pela mão tomando
Ao nobre embaixador, o ilustre Andrade
Intenta reduzi-lo por brandura.
E o índio, um pouco pensativo, o braço
E a mão retira.

(...)

As frechas partirão nossas contendas
Dentro de pouco tempo: e o vosso Mundo,
Se nele um resto houver de humanidade,
Julgará entre nós; se defendemos
Tu a injustiça, e nós o Deus e a Pátria.
Enfim quereis a guerra, e tereis guerra.

(...)

Despediram-se os índios, e as esquadras
Se vão dispondo em ordem de peleja,
Como mandava o General. Os lados
Cobrem as tropas de cavaleria,

E estão no centro firmes os infantes.
Qual fera boca de libréu raivoso,
De lisos e alvos dentes guarnecida,
Os índios ameaça a nossa frente
De agudas baionetas rodeada.
Fez a trombeta o som da guerra. Ouviram
Aqueles montes pela vez primeira
O som da caixa portuguesa; e viram
Pela primeira vez aqueles ares
Desenroladas as reais bandeiras.
Saem das grutas pelo chão cavadas,
Em que até li de indústria se escondiam.
Nuvens de índios, e a vista duvidava
Se o terreno os bárbaros nasciam.
Qual já no tempo antigo o errante Cadmo
Dizem que vira da fecunda terra
Brotar a cruelíssima seara.
Erguem todos um bárbaro alarido,

(...)

Não quis deixar o vencimento incerto
Por mais tempo o espanhol, e arrebatado
Com a pistola lhe fez tiro aos peitos.
Era pequeno o espaço, e fez o tiro
No corpo desarmado estrago horrendo.
Viam-se dentro pelas rotas costas
Palpitar as entranhas. Quis três vezes
Levantar-se do chão: caiu três vezes,
E os olhos já nadando em fria morte
Lhe cobriu sombra escura e férreo sono.
Morto o grande Sepé, já não resistem
As tímidas esquadras. Não conhece
Leis o temor. Debalde está diante,
E anima os seus o rápido Cacambo.
Tinha-se retirado da peleja
Caitutu mal ferido; e do seu corpo
Deixa Tatu-Guaçu por onde passa
Rios de sangue. Os outros mais valentes
Ou eram mortos, ou feridos. Pende
O ferro vencedor sobre os vencidos.
Ao número, ao valor cede Cacambo:
Salva os índios que pode, e se retira.

Canto Terceiro

Os europeus se apropriam das terras dos índios. Sepé aparece a Cacambo em sonho e sugere o incêndio do acampamento inimigo. Cacambo, então, ateia fogo no acampamento e foge, sendo assassinado pelo jesuíta Balda.

(...)

Foram ganhando e descobrindo terra
Inimiga e infiel; até que um dia
Fizeram alto e se acamparam onde
Incultas várgeas, por espaço imenso,
Enfadonhas e estéreis acompanham
Ambas as margens de um profundo rio.
Todas estas vastíssimas campinas
Cobrem palustres e tecidas canas
E leves juncos do calor tostados,
Pronta matéria de voraz incêndio.

(...)

Só na outra margem não podia entanto
O inquieto Cacambo achar sossego.
No perturbado interrompido sono
(Talvez fosse ilusão) se lhe apresenta
A triste imagem de Sepé despido,
Pintado o rosto do temor da morte,
Banhado em negro sangue, que corria
Do peito aberto, e nos pisados braços
Inda os sinais da mísera caída.
Sem adorno a cabeça, e aos pés calcada
A rota aljava e as descompostas penas.
Quanto diverso do Sepé valente,
Que no meio dos nossos espalhava,
De pó, de sangue e de suor coberto,
O espanto, a morte! E diz-lhe em tristes vozes:
Foge, foge, Cacambo. E tu descansas,
Tendo tão perto os inimigos? Torna,
Torna aos teus bosques, e nas pátrias grutas

Tua fraqueza e desventura encobre.
Ou, se acaso inda vivem no teu peito
Os desejos de glória, ao duro passo
Resiste valeroso; ah tu, que podes!
E tu, que podes, põe a mão nos peitos
À fortuna de Europa: agora é tempo,
Que descuidados da outra parte dormem.
Envolve em fogo e fumo o campo, e paguem
O teu sangue e o meu sangue. Assim dizendo
Se perdeu entre as nuvens, sacudindo
Sobre as tendas, no ar, fumante tocha;
E assinala com chamas o caminho.
Acorda o índio valeroso, e salta
Longe da curva rede, e sem demora
O arco e as setas arrebata, e fere
O chão com o pé: quer sobre o largo rio
Ir peito a peito a contrastar co'a morte.

(...)

E o índio afortunado a praia oposta
Tocou sem ser sentido. Aqui se aparta
Da margem guarnecida e mansamente
Pelo silêncio vai da noite escura
Buscando a parte donde vinha o vento.
Lá, como é uso do país, roçando
Dois lenhos entre si, desperta a chama,
Que já se ateia nas ligeiras palhas,
E velozmente se propaga. Ao vento
Deixa Cacambo o resto e foge a tempo
Da perigosa luz; porém na margem
Do rio, quando a chama abrasadora
Começa a alumiar a noite escura,
Já sentido dos guardas não se assusta
E temerária e venturosamente,
Fiando a vida aos animosos braços,
De um alto precipício às negras ondas
Outra vez se lançou e foi de um salto
Ao fundo rio a visitar a areia.
Debalde gritam, e debalde às margens
Corre a gente apressada. Ele entretanto
Sacode as pernas e os nervosos braços:
Rompe as escumas assoprando, e a um tempo

Suspendido nas mãos, voltando o rosto,
Via nas águas trêmulas a imagem
Do arrebatado incêndio, e se alegrava...

(...)

Tinha Cacambo
Real esposa, a senhoril Lindoia,
De costumes suavíssimos e honestos,
Em verdes anos: com ditosos laços
Amor os tinha unido; mas apenas
Os tinha unido, quando ao som primeiro
Das trombetas lho arrebatou dos braços
A glória enganadora. Ou foi que Balda,
Engenhoso e sutil, quis desfazer-se
Da presença importuna e perigosa
Do índio generoso; e desde aquela
Saudosa manhã, que a despedida
Presenciou dos dois amantes, nunca
Consentiu que outra vez tornasse aos braços
Da formosa Lindoia e descobria
Sempre novos pretextos da demora.
Tornar não esperado e vitorioso
Foi todo o seu delito. Não consente
O cauteloso Balda que Lindoia
Chegue a falar ao seu esposo; e manda
Que uma escura prisão o esconda e aparte
Da luz do sol. Nem os reais parentes,
Nem dos amigos a piedade, e o pranto
Da enternecida esposa abranda o peito
Do obstinado juiz: até que à força
De desgostos, de mágoa e de saudade,
Por meio de um licor desconhecido,
Que lhe deu compassivo o santo padre,
Jaz o ilustre Cacambo – entre os gentios
Único que na paz e em dura guerra
De virtude e valor deu claro exemplo.
Chorado ocultamente e sem as honras
De régio funeral, desconhecida
Pouca terra os honrados ossos cobre.
Se é que os seus ossos cobre alguma terra.

(...)

Canto Quarto

Balda deseja casar seu filho, Baldetta, com Lindoia, esposa de Cacambo. O casamento é preparado, mas a moça, recusando-se a tomar outro como esposo, entrega-se à morte. Como vingança, Balda ordena que suas tropas incendeiem o acampamento indígena.

(...)

O bom padre, Balda,
Queria dar Lindoia por esposa
Ao seu Baldetta, e segurar-lhe o posto
E a régia autoridade de Cacambo.

(...)

Não faltava,
Para se dar princípio à estranha festa,
Mais que Lindoia. Há muito lhe preparam
Todas de brancas penas revestidas
Festões de flores as gentis donzelas.
Cansados de esperar, ao seu retiro
Vão muitos impacientes a buscá-la.
Estes de crespa Tanajura aprendem
Que entrara no jardim triste e chorosa,
Sem consentir que alguém a acompanhasse.
Um frio susto corre pelas veias
De Caitutu, que deixa os seus no campo;
E a irmã por entre as sombras do arvoredo
Busca co'a vista, e teme de encontrá-la.
Entram enfim na mais remota e interna
Parte de antigo bosque, escuro e negro,
Onde ao pé de uma lapa cavernosa
Cobre uma rouca fonte, que murmura,
Curva latada de jasmins e rosas.
Este lugar delicioso e triste,
Cansada de viver, tinha escolhido
Para morrer a mísera Lindoia.
Lá reclinada, como que dormia,
Na branda relva e nas mimosas flores,
Tinha a face na mão, e a mão no tronco
De um fúnebre cipreste, que espalhava
Melancólica sombra. Mais de perto

Descobrem que se enrola no seu corpo
Verde serpente, e lhe passeia, e cinge
Pescoço e braços, e lhe lambe o seio.

(...)

Leva nos braços a infeliz Lindoia
O desgraçado irmão, que ao despertá-la
Conhece, com que dor! no frio rosto
Os sinais do veneno, e vê ferido
Pelo dente sutil o brando peito.
Os olhos, em que Amor reinava, um dia,
Cheios de morte; e muda aquela língua
Que ao surdo vento e aos ecos tantas vezes
Contou a larga história de seus males.
Nos olhos Caitutu não sofre o pranto,
E rompe em profundíssimos suspiros,
Lendo na testa da fronteira gruta
De sua mão já trêmula gravado
O alheio crime e a voluntária morte.
E por todas as partes repetido
O suspirado nome de Cacambo.

(...)

Balda, que há muito espera o tempo e o modo
De alta vingança, e encobre a dor no peito,
Excita os povos a exemplar castigo
Na desgraçada velha. Alegre em roda
Se ajunta a petulante mocidade
Co'as armas que o acaso lhe oferece.

(...)

Embora seja assim: faça-se em tudo
A vontade do céu; mas entretanto
Vejam os contumazes inimigos
Que não têm que esperar de nós despojos,
Falte-lhe a melhor parte ao seu triunfo.
Assim discorre Balda; e entanto ordena
Que todas as esquadras se retirem,
Dando as casas primeiro ao fogo, e o templo.

(...)

Canto Quinto

Os vencedores se apossam dos territórios conquistados. Os jesuítas são culpados pela dizimação dos índios, pois os desampararam. É feito o elogio do general Gomes de Freire Andrade por ter protegido os índios sobreviventes.

(...)

Viam-se ao longe errantes e espalhados
Pelo mundo os seus filhos ir lançando
Os fundamentos do esperado Império

(...)

Via-se a Liberdade Americana
Que arrastando enormíssimas cadeias
Suspira, e os olhos e a inclinada testa
Nem levanta, de humilde e de medrosa.

(...)

Começava a bordar nos horizontes
O céu de brancas nuvens povoado
Quando, abertas as portas, se descobrem
Em trajes de caminho ambos os padres,
Que mansamente do lugar fugiam,
Desamparando os miseráveis índios
Depois de expostos ao furor das armas.

(...)

Entra no povo e ao templo se encaminha
O invicto Andrade; e generoso, entanto,
Reprime a militar licença, e a todos
Co'a grande sombra ampara: alegre e brando
No meio da vitória. Em roda o cercam
(Nem se enganaram) procurando abrigo
Chorosas mães, e filhos inocentes,
E curvos pais e tímidas donzelas.

(...)

Cláudio Manuel da Costa

Nasceu em 05 de junho de 1729 em Mariana, Minas Gerais, e faleceu em 04 de julho de 1789 em Vila Velha. Seu pseudônimo árcade era Glauceste Satúrnio.

Deu início ao Arcadismo no Brasil ao escrever *Obras Poéticas* em 1768.

A principal característica do Arcadismo em sua obra é o fato de se inspirar em grandes clássicos, sobretudo Camões.

Conhecido por participar da Inconfidência Mineira, foi preso e faleceu na prisão. Sua morte, no entanto, até hoje é um enigma, pois não se sabe se suicidou-se ou foi assassinado.

Obras Poéticas

Expressão máxima da produção literária do autor, reúne suas composições poéticas. A seguir, alguns de seus sonetos.

Onde estou? Este sítio desconheço:
Quem fez tão diferente aquele prado?
Tudo outra natureza tem tomado;
E em contemplá-lo tímido esmoreço.

Uma fonte aqui houve; eu não me esqueço
De estar a ela um dia reclinado:
Ali em vale um monte está mudado:
Quanto pode dos anos o progresso!

Árvores aqui vi tão florescentes,
Que faziam perpétua a primavera:
Nem troncos vejo agora decadentes.

Eu me engano: a região esta não era:
Mas que venho a estranhar, se estão presentes
Meus males, com que tudo degenera!

Faz a imaginação de um bem amado,
Que nele se transforme o peito amante;
Daqui vem, que a minha alma delirante
Se não distingue já do meu cuidado.

Nesta doce loucura arrebatado
Anarda cuido ver, bem que distante;
Mas ao passo, que a busco neste instante
Me vejo no meu mal desenganado.

Pois se Anarda em mim vive, e eu nela vivo,
E por força da ideia me converto
Na bela causa de meu fogo ativo;

Como nas tristes lágrimas, que verto,
Ao querer contrastar seu gênio esquivo,
Tão longe dela estou, e estou tão perto.

Não se passa, meu bem, na noite, e dia
Uma hora só, que a mísera lembrança
Te não tenha presente na mudança,
Que fez, para meu mal, minha alegria.

Mil imagens debuxa a fantasia,
Com que mais me atormenta e mais me cansa:
Pois se tão longe estou de uma esperança,
Que alívio pode dar-me esta porfia!

Tirano foi comigo o fado ingrato;
Que crendo, em te roubar, pouca vitória,
Me deixou para sempre o teu retrato:

Eu me alegrara da passada glória,
Se quando me faltou teu doce trato,
Me faltara também dele a memória.

Junto desta corrente contemplando
Na triste falta estou de um bem que adoro;
Aqui entre estas lágrimas, que choro,
Vou a minha saudade alimentando.

Do fundo para ouvir-me vem chegando
Das claras hamadríades o coro;
E desta fonte ao murmurar sonoro,
Parece, que o meu mal estão chorando.

Mas que peito há de haver tão desabrido,
Que fuja à minha dor! que serra, ou monte
Deixará de abalar-se a meu gemido!

Igual caso não temo, que se conte;
Se até deste penhasco endurecido
O meu pranto brotar fez uma fonte.

Quando, formosa Nise, dividido
De teus olhos estou nesta distância,
Pinta a saudade, à força de minha ânsia,
Toda a memória do prazer perdido.

Lamenta o pensamento amortecido
A tua ingrata, pérfida inconstância;
E quanto observa, é só a vil jactância
Do fado, que os troféus tem conseguido.

Aonde a dita está? aonde o gosto?
Onde o contentamento? onde a alegria,
Que fecundava esse teu lindo rosto?

Tudo deixei, ó Nise, aquele dia,
Em que deixando tudo, o meu desgosto
Somente me seguiu por companhia.

Aqui sobre esta pedra, áspera, e dura,
Teu nome hei de estampar, ó Francelisa,
A ver, se o bruto mármore eterniza
A tua, mais que ingrata, formosura.

Já cintilam teus olhos: a figura
Avultando já vai; quanto indecisa
Pasmou na efígie a ideia, se divisa
No engraçado relevo da escultura.

Teu rosto aqui se mostra; eu não duvido,
Acuses meu delírio, quando trato
De deixar nesta pedra o vulto erguido;

É tosca a prata, o ouro é menos grato;
Contemplo o teu rigor: oh que advertido!
Só me dá esta penha o teu retrato!

Vila Rica

Poema épico que narra a trajetória de bandeirantes paulistas e portugueses na exploração das terras das Minas Gerais, resultando na fundação de Vila Rica, atual Ouro Preto, por Antônio Albuquerque Coelho de Carvalho, português que foi o primeiro governador e capitão-general[1] das Minas Gerais, no início do século XVIII.

Canto Primeiro

Albuquerque está na região das Minas Gerais em companhia de Garcia, sertanista brasileiro que foi um dos primeiros a desbravar a região.

D. Rodrigo, morto na floresta e ex-ministro do rei de Portugal, aparece em sonho a Albuquerque.

Cantemos, Musa, a fundação primeira
Da Capital das Minas, onde inteira
Se guarda ainda, e vive inda a memória
Que enche de aplauso de Albuquerque a história.

(...)

Rende-se ao sono o Herói, e ao anelante
Pulsar do peito, observa o vigilante

[1] Expressão antiga para designar o comandante militar de uma província ou capitania. (Nota do Editor doravante **N. do E.**)

Mancebo que o combate aflita luta
No horror da fantesia; um ai lhe escuta,
Que ansioso respira; outro mais vivo
Lhe percebe no assalto sucessivo;
E ao ver que estende duramente os braços,
Já teme, e grita, e já lhe rompe os laços
Do funesto letargo: Ai! caro amigo
(Lhe diz o Herói), não temas, eu prossigo,
Se é que o espanto e o terror, que n'alma provo,
Me dão para falar-te alento novo.

Neste instante (ai de mim!), ou fosse imagem
Que há muito me oprimia, ou que a passagem
Deste Rio me ofereça agouro triste,
Eu vi (eu inda o vejo, inda me assiste
Presente aos olhos o medonho objeto!),
Eu vi que me apartava do projeto
De penetrar estes Sertões escuros
O grande Dom Rodrigo; dos seguros
Ombros, de que pendera a grave espada,
Rasga o vestido, e mostra inda manchada
A carne das feridas, de que o sangue
Correr se via; eu tremo, e quase exangue
Desmaio a tanta vista. Ele se avança,
Da mão me prende, e diz: Em vão se cansa,
Em vão o vosso Rei, se ver pretende
Subjugado este povo, que defende
Com o bárbaro zelo as pátrias Minas;
Debalde tu também hoje imaginas
Chegar ao centro delas; eu contemplo
Mil perigos na empresa; fresco exemplo
Te dá a minha morte; só te espera
De gênios brutos pertinácia fera;
Falta de fé, traições, crimes atrozes
Só terás de encontrar; se as minhas vozes
Teu crédito merecem, deixa, evita
A infame estrada...; nisto ao ver que grita
Mais forte e mais medonha a sombra, tremo,
Pasmo, e me assusto, me horrorizo, e gemo.

(...)

Canto Segundo

Os portugueses conhecem a índia Neágua, que conta a história de sua filha Aurora, aprisionada pelos portugueses. Albuquerque expõe seus planos de fundar a cidade de Vila Rica.

(...)

Eu sou Neágua, eu sou a escrava tua.
Muitas luas, me lembro, têm passado,
Desde quando dos vossos atacado
Foi meu esposo Caribó: seguidos
Vínheis de muitos arcos, socorridos
Do Coroa, do Paraci valente:
Assaltastes de noite a nossa gente,
E mortos os mais destros na peleja,
Fosse rigor do Céu, ou fosse inveja
Da Fortuna, eu, que a Aldeia governava,
Passei com minha filha a ser escrava.

(...)

Vive, Senhor, eu creio que inda vive
A minha e vossa Aurora: dela tive
Notícia há pouco tempo; um desses bravos,
Que o nosso bom Pori tem feito escravos,
Me contou como lá na sua Aldeia,
Que não longe é de nós, ela passeia,
Do Cacique estimada; ele contente
A busca esposa, e ela o não consente.

(...)

Vós, que por tantas vezes discorrido
Tendes estes Sertões, tereis ouvido,
O nome de Itamonte; esta lembrança,
Este sinal só tenho de esperança;
Talvez tomando o cume desta Serra,
Acharemos um dia o Rio, a Terra,
A Ninfa e os mais portentos, donde tome,
Dos tesouros que espero, a Vila, o nome.

(...)

Canto Terceiro

O bandeirante paulista Borba Gato conta como foi a morte de D. Rodrigo.

As paixões acalmara de Garcia
A chegada do Borba, e suspendia
Ela mesma a partida de Albuquerque.
Sem que temor algum lhe oprima, ou cerque
O nobre coração, na tenda entrava,
E cortejando o Herói, assim falava:

Terás ouvido, ó General famoso,
Variamente o meu caso; e duvidoso
Talvez estás da fé, que guardo atento
Ao meu Rei em sinal do juramento.
Acusado por cúmplice na morte
Do grande Dom Rodrigo, a minha sorte,
Mais que o delito meu, desculpar venho;
Sem adorno o sucesso agora tenho
De dizer-te; e verás, hoje informado,
Que sou mais infeliz do que culpado.

Pouco mais de três léguas em distância
Deste sítio me via, quando a instâncias
Do novo General, que aqui chegava,
A voz de um mensageiro me ordenava
Entregasse os socorros prevenidos
Da pólvora e do chumbo e os cometidos
À minha guarda prontos instrumentos
Do ferro e do aço: oponho a seus intentos
A razão que me assiste; e enfim me escuso,
Dizendo que das ordens não abuso
Do meu fiel Parente, a quem espero
A cada instante, e perto considero
De entrar comigo a registrar as faldas
Das montanhas e minas de esmeraldas.

Mal satisfeito da resposta volta
O importuno ministro, e já se solta
Contra mim declarada toda a fúria
Dos vis aduladores: por injúria

Reputam toda aquela resistência,
E protesta que aos braços da violência
Há de ceder a repugnância minha.

(...)

Enfurece-se, grita e ameaça:
E eu (ó duro extremo da desgraça!),
Rendido a todo o lance, só procuro
Mitigar-lhe o rancor; um braço duro,
Sacrílego, insolente, infame, ousado,
Sem que eu presuma o bárbaro atentado,
Se arroja dentre os meus; dispara um tiro,
E a alma envolta no mortal suspiro
Voou, deixando a mágoa em que me vejo,
Para salvar a vida, a honra e o pejo.

A notícia do caso acende a ira
Em todos os que o seguem; já conspira
Em meu dano o parente e mais o amigo;
Querem vingar a morte de Rodrigo;
Em vão lhes serve de reparo ou freio,
A inocência em que estou; medito um meio
De salvar-me; em esquadras divididas
Reparto a gente, sobre as mais crescidas
Montanhas, de onde fossem descobertas.

(...)

Canto Quarto

Explorando as minas de ouro, os portugueses encontram a sepultura de D. Rodrigo. Eles encontram o índio Argasso, que vê em Garcia seu rival, pois ambos estão enamorados de Aurora. Garcia apoia a união de Argasso e Aurora, tentando, assim, conseguir a confiança dos indígenas.

(...)

Manda cavar Pegado a terra dura,
E dentro (oh! pasmo!) os ossos encontrava
De um cadáver, a quem assinalava

A cruz que tem de Cristo e lhe servira
De hábito, ou mortalha; então se admira
Mais cada um; e aviso ao Herói dando,
Todos ao mesmo passo vão cercando
Em roda a sepultura: Borba chega,
Afirma que é Rodrigo e logo alega
Como dos índios seus à pressa fora
Sepultado, fugindo os mais; e agora
Reconhece o sinal na Cruz bendita

(...)

A vida pelos reis sacrificada
Basta a deixar a sepultura honrada!

(...)

Amo a bela Indiana, a linda Aurora,
Que não daqui muito distante mora:
Prisioneira em meu braço a vim trazendo
Lá desde o Paraíba, e discorrendo
Que entre os meus Monaxós se renderia,
Só o nome lhe lembra de Garcia.
Neágua, a Mãe, desde o Pori roubada,
Conheceu-me e me informa da chegada
Deste bom Cavalheiro; não sabia
Que o meu curioso ardor se dirigia
A mais árduo projeto; tento a morte,
E em despojo cuidei do braço forte
Por triunfo levar à minha amada
A cabeça do tronco separada.

(...)

A Argasso desde já perdoo a ofensa,
E quero que conheça aos Portugueses;
Com ele partirei, e as suas vezes
Sustentando ao favor da bela Indiana,
Farei que ele ditoso, e mais humana
Ela, se abrasem no gostoso alento
De um santo, de um perpétuo sacramento.

(...)

Canto Quinto

Uma criatura personificada, o Interesse, tenta impedir que os planos de Albuquerque se concretizem. Filoponte, um velho índio, narra a história da conquista das Minas Gerais.

(...)

Não bastava a cortar do Herói o passo;
Que ao fim se dirigia a ilustre empresa
E que em breve há de ver posta em certeza
Toda a ideia do sonho concebido;
De todo agora em cólera acendido
Se empenha a embaraçar o alto projeto
Do magnânimo Chefe.

(...)

Eu sou, diz Filoponte,
O primeiro que entrei estas montanhas
Com o famoso Arzão; ele às estranhas
Regiões se passou; eu só deixado,
E ao comércio dos homens já negado
Vivo neste retiro; a minha vida,
Fortuna e mal, história é tão crescida,
Que só pode cansar-te a minha história;
Mas, pois a sorte com feliz vitória
Te conduziu até aqui, chegando a ver-me,
Sabe quem sou, e aspira a conhecer-me.

(...)

Logo uns homens se veem, que vão rompendo
Com intrépida força o mato horrendo,
Nus os braços e os pés, mal socorridos
Do necessário à vida: estão metidos
Por entre as feras, e o Gentio adusto;
Cada um de si só, perdido o susto,
Se embosca ao centro dos Sertões, se entranha
Já pelo serro, já pela montanha;
Uma e outra distância gira em roda,
E deixa descoberta a extensão toda.

Passa este quadro, e logo outra pintura
Nova imagem propõe, nova figura,
Que retrata uns mortais de negras cores,
Regando o aflito rosto de suores
À força das fadigas com que cavam
As brutas serras, e nos rios lavam
As porções extraídas, separando
As pedras do metal, que andam buscando.

(...)

Canto Sexto

Filoponte segue descrevendo a região das Minas Gerais. É narrada a morte de Aurora e Argasso.

(...)

Abertas as montanhas, rota a Serra,
Vê converter-se em ouro a pátria terra;
O Etíope co'os Índios misturado
Eis obedece ao próvido mandado
Dos bons Conquistadores: desde o fundo,
De ouro e diamantes o país fecundo
Produzas grandes, avultadas somas.

(...)

Aqui dormia Aurora;
Dormia; e junto aos pés branda e sonora
Fontezinha o repouso convidava;
O peito em grande parte debruçava
Sobre uma penha, e ao gesto brando e lindo
De encosto o mole braço está servindo.
Chega a Maga cruel, põe-lhe diante
A fera que conduz, e ao mesmo instante
Se oculta em parte onde o sucesso veja.
O cuidado de a ver, ou fosse a inveja,
Àquele sítio encaminhava os passos
Do destemido Argasso; entre embaraços

De mal distintos ramos, já descobre
O mosqueado tigre, ao braço nobre
O crê despojo, e de matá-lo espera;
Firme o pé desde longe aponta a fera,
E atrás puxando o braço a seta envia,
Que vai cravar no monstro a ponta fria.

Corre gritando – oh! Céus! – e vê passado
De Aurora o peito; em vão busca assombrado
O tigre, que não há; já desfalece
A pouco a pouco a bela; a mágoa cresce
No mísero homicida, clama e grita,
Atroa os Céus, e contra os Céus se irrita;
Nem mais a vida, que estimara, preza;
Arroja o arco, e à infeliz beleza
Consagra de seu corpo o último resto.
"Amor, disse, cruel, pois que funesto
Foi o fim de um princípio tão ditoso,
Pois que cortastes o vínculo gostoso
Que a dita, a mesma dita ia tecendo;
Bem que inocente o impulso inda estou vendo,
Que animou este braço, acabe o peito,
Onde ele se forjou; roto e desfeito
O véu que cerca esta alma, ela se aparte,
Indiana adorada, ou a pagar-te
Com seu eterno pranto a dura ofensa,
Ou a pôr de teus olhos na presença,
A mágoa enfim de um erro involuntário."
Disse; e trepando a penha, ao chão contrário
Desesperado já se precipita.

(...)

Canto Sétimo

Garcia, atraído pela ninfa Eulina, desaparece no fundo de um rio.

(...)

Ouve Garcia o canto, e não atina
De onde tanto prodígio, mas de Eulina

A delicada face está patente:
Fita os olhos, e vê desde a corrente
Lançar a mão à praia a Ninfa bela;
Toma uma areia de ouro, e já com ela
Pulveriza os cabelos: neste instante
O sonho de Albuquerque o faz avante
Passar; os braços abre, à Ninfa chama;
Ela o vê, e não teme, e já se inflama
De amor por ele; aos braços o convida,
E abrindo o seio o Rio, uma luzida
Urna de fino mármore os sepulta,
Recebendo-os em si: ficou oculta
A maravilha a quantos o acompanham.
Em busca de Garcia já se entranham
Pelos matos mais densos, mas perdida
A esperança de achá-lo, e recolhida
Volta ao Herói a esquadra aventureira.

(...)

Canto Oitavo

O gigante Itamonte aparece a Garcia e fala sobre o futuro da região das Minas Gerais.

(...)

Com a voz descansada lhe falava
O bom velho Itamonte: e pois que a brava
E inculta região das pátrias Minas
Tens pisado, ó Garcia, de ti dignas
Sejam tuas ações; tu te atreveste
Primeiro que outro algum; e tu pudeste
Romper os matos, franquear o passo
Do não tentado Rio; o Fado escasso
Contigo não será, tendo encoberto
Por mais tempo o País que traz incerto
O teu grande Albuquerque; ele procura
Erguer a Capital, aonde a escura
Sombra de um sonho lhe propôs defronte
O carregado aspecto de Itamonte.

(...)

Por muitos anos sei como ignorada
Foi aos humanos esta Serra: agora
A têm tentado alguns e nela mora
Um corpo de Europeus, a quem oculto
Tenho ainda os tesouros que sepulto.
Permite o Céu que sejas o primeiro,
A quem eu patenteie por inteiro
Todo o segredo das riquezas minhas.
Já desde quando no projeto vinhas
De encontrar as preciosas esmeraldas,
Eu te esperava deste monte às faldas.

(...)

Toda essa terra, que o descuido pisa
Dentro em meus braços, crê que se matiza
Com o louro metal, geral o fruto,
O nome de Gerais por atributo
Estas Minas terão; vês os diamantes:
Eles vêm de outras serras mais distantes,
Mas tudo corre a encher os meus tesouros;
Hão de brilhar os séculos vindouros
Com esta fina pedra; em abundância
Vencerão os que vêm de outra distância;

(...)

Todos estes tesouros e a grandeza
De todas estas pedras determino,
Que por mão de um benévolo destino
Vão buscar inda a Lusa Monarquia.

Desde o seio da terra a ver o dia
O mármore virá, que aos Céus levante
Edifícios soberbos; a elegante
Mão do artífice, a Vila edificada,
Fará que sobre as outras respeitada
De Rica tenha o nome, derivado
Dos tesouros o epíteto prezado.

(...)

Canto Nono

A ninfa Eulina fala a Garcia sobre o futuro das Minas Gerais nas mãos de Albuquerque. O português chega às terras onde será fundada Vila Rica.

(...)

mas Eulina
Me chama já: soava a voz divina,
E aos bustos discorrendo, assim cantava:

(...)

De vindicar o mando a empresa toma
O famoso Albuquerque, e a grande soma,
Dos tesouros que guardo eu lhe preparo.
Melhor do que nos mármores de Paro,
Ou nos polidos bronzes de Corinto,
Ele o seu nome levará distinto,
De uma vez as cabeças decepando
Da Hidra venenosa, que soprando
Ainda o fogo está da rebeldia.
Fará subir com nobre valentia
De choupanas humildes a altas torres
Essas povoações, que a ver discorres
Desde esta margem te meu fundo centro;
Quanto do seio meu se encerra dentro
Liberal eu virei dar-lhe em tributo;
Da grande cópia do amarelo fruto
Os curvos lenhos em fecundas frotas
Irão levar às regiões remotas
As preciosas porções, que nunca vira
Em tal grandeza o Rei, que dividira
As águas do Eritreu, e desde o Tiro
Ao claro Ofir voou com longo giro.

(...)

Como já com certeza achado tinha
O sítio, aonde levantar convinha
A Capital das Minas: vem Fialho,

Afirma que, seguindo um breve atalho,
O fundo registrara de Itamonte;
Que vira o vale e a aprazível fonte,
Onde de Eulina inda a memória vive.
Presente, diz o Herói, também eu tive
Toda esta noite quanto viu Garcia.
O Gênio celestial, que pôde um dia
Descobrir-me o segredo deste empório,
Tudo aos meus olhos, tudo pôs notório;
Vi este sítio, o Vale, o Rio, a Serra,
E os tesouros, que o monte ao longe encerra;
Aqui entre estes povos se levante
A Vila, e já passando mais avante
Se erija a Capital.

(...)

Canto Décimo

É descrita a fundação da cidade de Vila Rica e suas primeiras atividades.

(...)

Eis que Albuquerque, adiantando o passo
Da margem que deixara, em breve espaço
Pisava as faldas do Itamonte: estava
Co'os olhos fitos o Gigante, e dava
Vivos sinais de uma alegria interna;
Certo que de seus braços já governa
Tão grande parte a direção prudente
Do magnânimo Herói, ele impaciente
Na dilação de ver a Vila erguida,
Conta-se (nem do caso se duvida),
Que assim falara quando o viu diante:

Ó tu, por tantos riscos triunfante,
Albuquerque feliz, pois que a fortuna
Te conduziu com máxima oportuna
A registar de perto os meus domínios,
Pois que cortados os fatais desígnios

Do conjurado bando alegre pisas
Este verde País, onde eternizas
Em gloriosos feitos o teu nome,
Deixa que em teu obséquio a empresa tome
De ir já desentranhando do meu seio
Os mármores mais finos.

(...)

Disse; e solenizando a ação, procura
Se lavre logo a sólida escritura,
Onde o foral da Vila se estabelece.

(...)

Vê-se o outro mineiro, que se ocupa
Em penetrar por mina o duro monte
Ao rumo oblíquo, ou reto; tem defronte
Da gruta, que abre, a terra que extraíra;
Os lagrimais das águas que retira
Ao tanque artificioso logo solta;
Trazida a terra entre a corrente envolta,
Baixa as grades de ferro; ali parados,
Os grossos esmeris são depurados,
Deixando ao dono em prêmio da fadiga
Os bons tesouros da fortuna amiga.

Entre serras est'outro vai buscando
As betas de ouro; aquele vai trepando
Pelo escabroso serro, e as águas guia
Pelos canais que lhe abre a pedra fria.

(...)

Ansioso o Povo às portas esperava
Pela alegre notícia, e já clamava
Viva o Senado... Viva! Repetia
Itamonte, que ao longe o eco ouvia.

Enfim serás cantada, Vila Rica,
Teu nome impresso nas memórias fica;
Terás a glória de ter dado o berço
A quem te faz girar pelo Universo.

Frei Santa Rita Durão

Nasceu próximo à cidade de Mariana em 1722 e faleceu em 1784 em Lisboa. Estudou no Colégio dos Jesuítas e depois foi para a Universidade de Coimbra, onde se formou padre e fez doutorado em Teologia e Filosofia. Em 1781, publicou aquela que seria a sua única obra – *Caramuru*, em que se faz presente a principal característica do Arcadismo: o culto à natureza. Apresenta forte influência dos poemas clássicos, como os de Camões.

Caramuru:
Poema Épico do Descobrimento da Bahia

O poema conta a trajetória de Diogo Álvares Correia, português que, tendo naufragado na costa brasileira, viveu entre os índios.

Canto I

O navio de Diogo Álvares Correia naufraga, e seus tripulantes são acolhidos por nativos da tribo de Gupeva. Os nativos, no entanto, são antropófagos e pretendem se alimentar dos estrangeiros. Nesse momento, a tribo é violentamente atacada por Sergipe, seu inimigo.

(...)

IX

Da nova Lusitânia o vasto espaço
Ia a povoar Diogo, a quem bisonho
Chama o Brasil, temendo o forte braço,
Horrível Filho do Trovão medonho:
Quando do abismo por cortar-lhe o passo
Essa Fúria saiu, como suponho,
A quem do Inferno o Paganismo aluno,
Dando o Império das águas, fez Netuno.

(...)

XI

O Filho do Trovão, que em baixel ia
Por passadas tormentas ruinoso,
Vê que do grosso mar na travessia
Se sorve o lenho pelo pego undoso;
Bem que constante, a morte não temia,
Invoca no perigo o Céu piedoso;
Ao ver que a fúria horrível da procela
Rompe a nau, quebra o leme, e arranca a vela.

XII

Lança-se ao fogo o ignívomo instrumento,
Todo o peso se alija; o passageiro,
Para nadar no túmido Elemento,
A tábua abraça, que encontrou primeiro:
Quem se arroja no mar temendo o vento;
Qual se fia a um batel; quem a um madeiro,
Até que sobre a penha, que a embaraça,
A quilha bate, e a nau se despedaça.

XIII

Sete somente do batel perdido
Vêm à praia cruel, lutando a nado;
Oferece-lhes um socorro fementido
Bárbara multidão, que acode ao brado:
E ao ver na praia o Benfeitor fingido,
Rende-lhe as mãos o náufrago enganado:
Tristes! que a ver algum, qual fim o espera
Com quanta sede a morte não bebera!

(...)

XXVIII

Forte sim, mas de têmpera delicada,
Aguda febre traz desde a tormenta;
Pálido o rosto, e a cor toda mudada;
A carne sobre os ossos macilenta:

Mas foi-lhe aquela doença afortunada,
Porque a gente cruel guardá-lo intenta,
Até que sendo a si restituído,
Como os mais vão comer, seja comido.

(...)

XXX

Mas já três vezes tinha a Lua enchido
Do vasto globo o luminoso aspecto,
Quando o Chefe dos bárbaros temido
Fulmina contra os seis o atroz decreto:
Ordena que no altar seja oferecido
O brutal sacrifício em sangue infecto,
Sendo a cabeça às vítimas quebrada,
E a gula infanda de os comer saciada.

(...)

LXXXIX

Pedras, frechas, e dardos de arremesso
Cobriam todo o ar; porque o inimigo,
Que atrás se pôs de um próximo cabeço,
Aguarda expressamente aquele artigo:
De um lado, e outro desde um mato espesso
Ameaça o furor, cerca o perigo;
E a gente crua transformada a sorte,
Quando cuidou matar, padece a morte.

(...)

XC

Era Sergipe o Príncipe valente
Na esquadra valerosa, que atacava;
Varão entre os seus bom, manso, e prudente,
Que com Justiça os povos comandava:
Armava o forte Chefe de presente
Contra Gupeva, que cruel reinava,
Sobre as aldeias, que em tal tempo havia
No Recôncavo ameno da Bahia.

(...)

Canto II

Diogo ajuda com suas armas no combate os indígenas, o que os impressiona. Recebe o nome de Caramuru, o filho do trovão, e ganha o respeito de toda a tribo, principalmente de Gupeva. Conhece a índia Paraguaçu e se apaixonam, mas ela está prometida a Gupeva.

(...)

VIII

Disse; e entrando na sólita caverna,
Cobre de ferro a valerosa fronte;
Um peito d'aço de firmeza eterna,
E o escudo, onde a frecha se desponte.
Dispõe de modo, e em forma tal governa,
Que nada teme já, que em campo o afronte:
Nas mãos de ferro tinha uma alabarda,
A espada à cinta, aos ombros a espingarda.

(...)

X

Mas o prudente Diogo, que entendia
Não pouca parte do Idioma escuro,
Por alguns meses, em que atento o ouvia,
Elege um posto a combater seguro:
Atento a toda a voz, que ouvir podia,
Por escutar dos seus o caso duro,
Entre esperanças, e receio intenso
Sem susto estava sim, porém suspenso.

XI

Gupeva então, que aos mais se adiantava,
Vendo das armas o medonho vulto,
Incerto do que vê, suspenso estava,
Nem mais se lembra do inimigo insulto;
Algum dos Anhangás imaginava,
Que dentro do grão-fantasma vinha oculto,
E à vista do espetáculo estupendo
Caiu por terra o mísero tremendo.

(...)

XLVI

Desde esse dia é fama, que por nome
Do grão-Caramuru foi celebrado
O forte Diogo; e que escutado dome
Este apelido o Bárbaro espantado:
Indicava o Brasil no sobrenome,
Que era um dragão dos mares vomitado:
Nem doutra arte entre nós a antiga idade
Tem Jove, Apolo, e Marte por Deidade.

(...)

LXXI

Por costumado obséquio os mais luzidos
Tomam Diogo nos braços; e no peito
A frente lhe apertavam comedidos:
Sinal entre eles do hospital respeito.
Tiram-lhe em pressa as roupas, e vestidos;
E pondo-o sobre a rede, como em leito,
Sem mais dizer-lhe nada, e sem ouvi-lo,
Tudo se afasta, e deixam-no tranquilo.

(...)

LXXVIII

Paraguaçu gentil (tal nome teve)
Bem diversa de Gente tão nojosa;
De cor tão alva, como a branca neve;
E donde não é neve, era de rosa:
O nariz natural, boca mui breve,
Olhos de bela luz, testa espaçosa:
De algodão tudo o mais, com manto espesso

(...)

LXXXVI

Desde hoje se a meus olhos corresponde
O meigo olhar das lúcidas pupilas;
Se amor é... porque amor quem é que o esconde,
Se por ele essas lágrimas destilas:

Com que chamas meu peito te responde,
Com mão de Esposa poderás senti-las;
Disse; e estendendo a mão, ofereceu-lha;
Ela que nada diz, sorriu-se, e deu-lha.

(...)

XC

Esposo (a bela diz) teu nome ignoro;
Mas não teu coração, que no meu peito
Desde o momento, em que te vi, que o adoro:
Não sei se era amor já, se era respeito:
Mas sei do que então vi, do que hoje exploro,
Que de dois corações um só foi feito.
Quero o Batismo teu, quero a tua Igreja,
Meu Povo seja o teu, teu Deus meu seja.

(...)

Canto III

Gupeva e Diogo conversam sobre princípios seguidos pelos índios. De repente, chegam índios inimigos que, assustados pelo barulho das armas de Diogo, se retiram e voltam às suas terras.

(...)

LXXXVIII

Assim Gupeva concluiu, dizendo,
Nem mais tempo ao discurso haver podia
Por aviso, que os campos vêm batendo
Turba inimiga em vasta companhia:
Às armas, grita, às armas, e o eco horrendo,
Retumbando nas árvores sombrias
Fez que as mães, escutando os murmurinhos,
Apertassem no peito os seus filhinhos.

(...)

XC

Quanto mais que o trovão nas mãos preparo
Contra teus inimigos neste afogo
Nem duvides que logo que o disparo,
Tudo em chamas não vá, tudo arda em fogo:
Disse, e ao favor saiu de um luar claro,
Disparando o mosquete em márcio jogo;
E enquanto atira, todo o bosque atroa
Pelo horror da buzina, com que soa.

XCI

Qual dos monos talvez tropa nojosa
Saiu do interior mato em negro bando;
E se a frecha um derriba, vai medrosa

Em fuga pelas árvores saltando:
Tal ouvindo a buzina pavorosa,
E o arcabuz com trovão relampagueando,
Correm, caem, despenham-se na estima
De que o Céu todo lhe caía em cima.

Canto IV

Os inimigos são os Caetés, que declaram guerra a Gupeva porque seu líder, Jararaca, é apaixonado por Paraguaçu. Temendo a força do Caramuru, eles convocam índios aliados para lutarem. Paraguaçu também luta na guerra, sendo salva pelo amado estrangeiro. A tribo de Gupeva sai vencedora.

I

Era o invasor noturno um Chefe errante,
Terror do Sertão vasto, e da marinha,
Príncipe dos Caetés, Nação possante,
Que do grão-Jararaca o nome tinha:
Este de Paraguaçu perdido amante,
Com ciúmes da donzela, ardendo vinha:
Ímpeto que à razão, batendo as asas,
Apaga o claro lume, e acende as brasas.

(...)

X

Logo que por cem bocas vaga a fama
Do Esposo eleito a condição divulga,
Irado o Caeté, raivando brama;
Arma todo o Sertão, guerra promulga,
Tudo acendendo em belicosa chama,
Investir por surpresa astuto julga,
Com que a causa da guerra se conclua,
Ficando Paraguaçu ou morta, ou sua.

XI

Mas sendo de improviso em terror posto,
E ouvindo do arcabuz a fama, e efeito,
Não permite que o susto assome ao rosto,
Mas reprime o temor dentro em seu peito:
Convoca um campo das Nações composto,
Com quem tinha aliança em guerra feito;
E excitando na plebe a voraz sanha,
Cobre de Legiões toda a campanha.

(...)

XLIII

Corresponde o belígero instrumento
Da feral frauta ao bárbaro marraque;
E promulgando a marcha àquele acento,
Tudo em ordem se pôs ao fero ataque:
Marcham contra Gupeva, com intento
De meter nas cabanas tudo a saque;
E porque tudo assombrem com terrores,
Rompem o ar com bélicos clamores.

(...)

XLVI

Paraguaçu, que de Diogo Esposa
(Porque mais Jararaca se confunda)
Ia a seu lado a combater briosa,
Nem teme a multidão, que o campo inunda:

Usa com ela a Tropa belicosa
Da vulgar seta, do bodoque, e funda;
Leva a Amazona um rígido colete,
E com a espada de ferro o capacete.

(...)

LIII

Não ficou no combate em tanto ociosa
A frecha do inimigo, que o ar encobre;
Começa Jararaca a ação furiosa,
Dando estímulo ousado ao valor nobre:
E a turba de Diogo receosa
Foge do grão-Tacape, onde o descobre:
Que tanto estrago faz, que qualquer fera
Maior entre cordeiros não fizera.

(...)

LXIII

Por outro lado o valeroso Diogo
A multidão dos bárbaros subjuga,
E uns precipita no tartáreo fogo,
Outros obriga com terror à fuga:
Mas uns detêm co'a espada, outros com rogo
Urubu, que do sangue a fronte enxuga;
E opondo-se entre os mais a Diogo ardente,
Restitui a batalha, e anima a Gente.

(...)

LXXIV

Este vendo a donzela valerosa
Turbar com fúria a Gente amedrentada,
Desde o alto lança de árvore frondosa
Grosso ramo, que cai de uma pancada.
Debaixo dele a Heroína valerosa,
Co'grande peso pelo chão prostrada,
Ficou falta de alento, e semiviva,
Nas mãos do cruel bárbaro cativa.

(...)

LXXXIII

Enquanto entrava o bárbaro, e na luta
Um, e outro se abraça; o forte Diogo
Que o caso da sua bela infausto escuta,
Toma a espingarda, e parte em fúria logo:
Qual pólvora encerrada dentro à gruta,
Quando na oculta mina se deu fogo,
Arroja penha, e monte, e o que tem diante;
Tal se envia em furor o aflito amante.

(...)

LXXXV

Mais não espera a tímida manada,
Ouvindo o estrondo, e os hórridos efeitos:
Quem parte logo em fúria declarada;
E quem lhe rende humilde os seus respeitos:
Paraguaçu porém desassombrada,
Sendo os contrários com terror desfeitos,
Acordou num suspiro, e solta viu-se;
E conhecendo Diogo, olhou-o, e riu-se.

Canto V

Diogo e Paraguaçu conversam sobre o mal que existe nas pessoas. Jararaca ataca Paraguaçu e seu pai, mas Diogo os salva, matando o inimigo. O Caramuru é ainda mais respeitado e admirado pela tribo.

(...)

L

Atirar-lhe quisera; mas duvida,
Na intenção de matá-lo vacilante;
Vendo do Sogro ameaçada a vida,
E quase sem alento a Esposa amante:
Três vezes pôs a mira dirigida;
Três vezes se deteve a mão constante;
E em terra, e mar a um tempo a ação retarda,
Jararaca ao bastão; ele à espingarda.

LI

Que mais espero (diz) feri-lo é incerto;
Mas é claro na mão desse inimigo,
Que em qualquer caso enfim o dano é certo,
E cresce na tardança o seu perigo:
Disse, e toma por alvo descoberto,
A fronte do contrário, e neste artigo
Dispara o tiro, e a bala lhe atravessa
De uma parte à outra parte da cabeça.

LII

Cai Jararaca em terra ao mesmo instante,
Qual penhasco, que do alto se derroca,
Quando o raio, que o arroja fulminante,
Desde cima o arrancou da excelsa roca:
Num rio a terra se banhou fumante
Do negro sangue, donde pondo a boca,
Morde raivoso a areia, em que caíra,
E o torpe alento com a vida expira.

(...)

LXVI

Impossível parece ao Sábio Herói
O que vê, e o que escuta, e que assim possa,
Quando a carne mortal tanto se dói,
Vencer-se a dor da fantasia nossa:
Magoado interiormente se condói
De ver, que no infeliz nada faz mossa;
Mostrando na brutal rara constância,
Com tal valor tão bárbara ignorância.

LXVII

Tinham disposto em tanto no terreiro
As Nações do Sertão pompa festiva,
Criando Diogo Principal primeiro
Com aplauso geral da comitiva.
Vê-se ornado de plumas o guerreiro,
E como em triunfo a multidão cativa,
E sobre os mais num Trono levantado
Cingem de pluma o vencedor coroado.

(...)

Canto VI

Os chefes indígenas oferecem suas filhas a Diogo, mas ele as rejeita porque ama Paraguaçu.

Ele pensa em converter os índios à fé cristã e vai, com Paraguaçu, para a França. As índias perseguem o navio por causa de Diogo, e uma delas, Moema, acaba morrendo. O casal é recebido por Du Plessis, um governante francês, que ouve de Diogo a descrição das terras brasileiras.

I

Descansava no seio então Diogo,
Extinta a guerra, de uma paz dourada,
E o pavor do sulfúreo horrível fogo
Trazia a Gente bárbara assombrada:
As remotas Nações concorrem logo,
Desde a interna região mais apartada;
E tendo-o do trovão por viva imagem,
Vinha todo o Sertão dar-lhe homenagem.

II

Muitos deles, dos povos subjugados,
Que o efeito viram da terrível chama;
Outros vinham somente convocados
Das heroicas ações, que conta a Fama:
Trazem plumas, e bálsamos prezados,
E outra rude opulência, que o povo ama,
E com os dons da Americana Ceres,
Oferecem-lhe as filhas por mulheres.

(...)

VI

Paraguaçu porém com fé de Esposo
Parecia estimar distintamente,
Mostrando-lhe no afeto carinhoso
A sincera afeição que n'alma sente:
Amava nela o peito valeroso,
E o gênio dócil, com que à fé consente;
Amor que ocasionou, como é costume,
Em algumas inveja, e noutras ciúme.

(...)

XIV

Eis aqui preparado (disse) o Templo,
Falta a fé, falta o culto necessário;
E quanto era de Deus, feito contemplo
Tudo o que é de salvar meio ordinário:
Desta intenção parece ser exemplo
Este insígne prodígio extraordinário;
Onde parece que no Templo oculto,
Tem disposto o lugar, e espera o culto.

(...)

XXXV

A Gupeva entretanto, e Taparica
Dava o último abraço, e à forte Esposa
A intenção de levá-la significa,
A ver de Europa a Região famosa:
Suspensa entre alvoroço, e pena fica
Paraguaçu contente, mas saudosa;
E quando o pranto na sentida fuga
Começava a saudade, amor lho enxuga.

XXXVI

É fama então que a multidão formosa
Das Damas, que Diogo pretendiam,
Vendo avançar-se a nau na via undosa,
E que a esperança de o alcançar perdiam:
Entre as ondas com ânsia furiosa
Nadando o Esposo pelo mar seguiam,
E nem tanta água que flutua vaga
O ardor que o peito tem, banhando apaga.

XXXVII

Copiosa multidão da nau Francesa
Corre a ver o espetáculo assombrada;
E ignorando a ocasião da estranha empresa,
Pasma da turba feminil, que nada:

Uma, que às mais precede em gentileza,
Não vinha menos bela, do que irada:
Era Moema, que de inveja geme,
E já vizinha à nau se apega ao leme.

(...)

XLII

Perde o lume dos olhos, pasma, e treme,
Pálida a cor, o aspecto moribundo,
Com mão já sem vigor, soltando o leme,
Entre as falsas escumas desce ao fundo:
Mas na onda do mar, que irado freme,
Tornando a aparecer desde o profundo;
Ah Diogo cruel! disse com mágoa,
E sem mais vista ser, sorveu-se n'água.

XLIII

Choraram da Bahia as Ninfas belas,
Que nadando a Moema acompanhavam;
E vendo que sem dor navegam delas,
À branca praia com furor tornavam:
Nem pode o claro Herói sem pena vê-las,
Com tantas provas, que de amor lhe davam;
Nem mais lhe lembra o nome de Moema,
Sem que ou amante a chore, ou grato gema.

(...)

XLV

Du Plessis, que os Franceses governava,
Em uma noite clara à popa estando,
Os casos de Diogo, que escutava,
Admira no naufrágio memorando:
Depois do Herói prudente perguntava
Quem achara o Brasil, e como, e quando
Ganhara no recôndito hemisfério
Tanto tesouro o Lusitano Império?

(...)

Canto VII

Diogo e Paraguaçu são recebidos pelos reis da França, e a moça é batizada com o nome de Catarina, casando-se, em seguida, com o amado. Diogo descreve o Brasil ao rei.

(...)

XVI

Ide, disse a Rainha, o par ditoso,
Que o banho santo, donde a culpa amara,
Se apague nesse peito generoso,
Comigo a França apadrinhar prepara.
E quando o Sol seu curso luminoso
Três vezes repetir na Esfera clara,
Será das nódoas do Tartáreo abismo
Lavada a bela Dama no Batismo.

(...)

XVIII

À roda o Real Clero, e grão-Jerarca
Forma em meio à Capela a Augusta linha;
Entre os Pares seguia o bom Monarca,
E ao lado da Neófita a Rainha.
Vê-se cópia de lumes nada parca,
E a turba imensa, que das guardas vinha;
E dando o nome a Augusta à nobre Dama,
Põe-lhe o seu próprio, e Catarina a chama.

XIX

Banhada a formosíssima Donzela
No Santo Crisma, que os Cristãos confirma,
Os Desposórios na Real Capela
Com o valente Diogo amante firma:
Catarina Álvares se nomeia a bela,
De quem a glória no troféu se afirma,
Com que a Bahia, que lhe foi Senhora,
Noutro tempo, a confessa, e fundadora.

(...)

XXI

Depois (disse o Monarca) que informado
De meus Ministros tenho a História ouvido,
Como foste das ondas agitado,
Como da Gente bárbara temido:
Sabendo que os Sertões tens visitado,
E o centro do Brasil reconhecido,
Quero das terras, dos viventes plantas,
Que a História contes de Províncias tantas.

(...)

Canto VIII

Du Plessis oferece a Diogo ajuda para dominar as terras brasileiras. Fiel a Portugal, Diogo recusa a proposta. Voltando para o Brasil, Paraguaçu profetiza o futuro do país.

(...)

III

Enquanto nau, e embarque negocia,
Do amigo Du Plessis solicitado,
Foi-lhe do Rei Francês proposta a ideia,
De erguer as Lises no País buscado:
Terás (lhe disse, e é fácil que se creia,
Que lho dizia do seu Rei mandado),
Terás da França auxílio, e tropa imensa,
E maior que o serviço a recompensa.

(...)

VIII

Disse o Francês prudente, e o nobre Diogo,
Leal à amada Pátria respondendo,
Sábio projeto dás (replicou logo)
Sobre a população; nada o contendo:
Mas não posso convir no exposto rogo,
Sendo fiel ao Rei, Português sendo,
Quando o Luso Monarca julgo certo
Senhor de quanto deixa descoberto.

(...)

XIII

Não longe do Equador o mar cortava,
Quando Paraguaçu, já Catarina,
Como era seu costume, atenta orava,
Implorando o favor da Mão Divina:
E eis que a vista da turba, que a observava,
Enquanto adora a Majestade Trina,
Em sono fica suspendida, e absorta,
E algum cuida que dorme, outro que é morta.

(...)

XVIII

Narra-nos, feliz alma, a visão bela,
Quem sabe se por ti nos manda aviso
A Providência, que ao governo vela,
Do mortal nos seus fins sempre indeciso:
Não nos cales em tanto o que revela
Por nosso lume, o excelso Paraíso,
E a nossos rogos com memória pronta,
Dizendo quanto viste, tudo conta.

(...)

XXI

Vi, não sei se era impulso imaginário,
Um globo de diamante claro, e imenso;
E nos seus fundos figurar-se vário
Um País opulento, rico, e extenso:
E aplicando o cuidado necessário,
Em nada do meu próprio o diferenço;
Era o áureo Brasil tão vasto, e fundo,
Que parecia no diamante um Mundo.

(...)

XC

Falando prosseguia Catarina,
Tendo a assembleia no discurso atenta,
Quando com fúria o bordo ao mar inclina
A nau, batida de hórrida tormenta:

Tudo à manobra o Capitão destina;
E vendo que onda horrível se apresenta,
Lança-se o marinheiro à vela em pressa,
Acode Diogo, e Catarina cessa.

Canto IX

Catarina continua contando suas profecias e narra a guerra contra os holandeses.

I

Depois que o tempo torna bonançoso,
E a noite vem tranquila em branda calma,
De ouvir o mais do sonho portentoso,
Se acende a todos o desejo n'alma:
E no empenho do Belga belicoso,
Desejando escutar quem teve a palma,
Suplicam Catarina, que prossiga
Na narração do sonho, e tudo diga.

(...)

IV

Máquinas movem o Belga ambiciosas,
Suprindo os gastos com a imensa prata;
E armando em guerra Esquadras numerosas,
Ocupar Pernambuco ao Luso trata:
Nem às forças da Holanda poderosas
Opõem o Hispano com a nova ingrata,
Tal socorro, que a Praça na contenda
Do grão-poder dos Batavos defenda.

V

Rege de Pernambuco a terra extensa
O intrépido Albuquerque, a tudo atento:
Guarnece a Praça, os Esquadrões condensa,
Dispõe ao fogo o bélico instrumento:

Quando à maneira de floresta densa
Se viu coberto o líquido elemento,
Onde proas setenta o mar rompiam,
E o Wandemburgo General seguiam.

(...)

VIII

Entra o Holandês na Praça abandonada;
E quando de riqueza a cuidou cheia,
Em triste solidão desamparada;
E acha sem prêmio a cobiçosa ideia,
Vingam nos templos a intenção malvada,
E o Altar profanam com infâmia feia,
Tratando o pio rito, e o santo culto
Com sacrílega mente, e horrendo insulto.

(...)

XX

Com socorro maior de Holanda armado
Contra Itamaracá corre o inimigo;
Duas vezes porém foi rechaçado
Com perda o Belga para o noto abrigo:
À Paraíba, e Rio Grande enviado
Mudava de lugar, não de perigo;
E já menos bisonha a Lusa tropa,
Põe em fuga o Holandês, se em campo o topa.

(...)

XXVIII

Era Nassau nas armas celebrado,
Com que ilustrava o excelso nascimento,
Príncipe então no Império respeitado,
Nutrindo igual ao sangue o pensamento:
Entrou de forte Armada acompanhado,
E no Arrecife situando o assento,
Levantou fortes, e em Países belos
Guarneceu as Colônias com Castelos.

(...)

XXXIX

Cede do seu governo de afrontado
O General Nassau, tornando à Holanda,
Tendo o conselho do Arrecife armado
Mil artifícios de calúnia infanda:
Nem contra os habitantes moderado
O duro freio no governo abranda,
Onde a plebe agravada que o experimenta,
O jugo sacudir com glória intenta.

(...)

LXIII

Horroriza-se Holanda, pasma Europa,
Exalta Portugal, canta a Bahia,
Vendo-se triunfar tão pouca tropa
Da terrível potência, que a invadia:
Nada de humano o pensamento topa,
Que em tudo a mão de Deus clara se via,
Pois sempre elege para os seus portentos
Os mais fracos, e humildes instrumentos.

(...)

LXXVIII

Vi no sonho mil casos diferentes,
Que no curso virão de outras idades:
Vi Províncias notáveis, e potentes,
Vi nascer no Brasil áureas Cidades:
Famosos Vice-Reis, e ilustres Gentes,
Tantos sucessos, tantas variedades,
Que somente pintado, como em sombra,
Confunde o pensamento, a vista assombra.

LXXIX

Prelados vi de excelsa Jerarquia,
E entre outros da maior celebridade
O claro Lemos, que enriqueça um dia
De novas Ciências a Universidade:
Ele ornará depois a Academia
Com construções de excelsa majestade,
E em doutrina a fará com sábio modo
O Ateneu mais famoso do Orbe todo.

LXXX

Deu Catarina fim, e arrebatada
Num êxtase ficou, vibrando ardores;
Corriam pela face em luz banhada
Lágrimas belas, como orvalho em flores:
Fica a pia assembleia esperançada
De outros sucessos escutar maiores;
E dando tempo ao sono milagroso,
No abraço a deixam do celeste Esposo.

Canto X

A profecia de Catarina é concluída com uma visão da Virgem Maria. Catarina funda uma igreja e inicia-se a propagação da fé cristã em terras brasileiras. Chega o primeiro governador-geral do Brasil, Tomé de Sousa. Diogo é homenageado pela coroa portuguesa.

I

Cheia de assombro a turba a Dama admira
Tornada a si da suspensão pasmosa;
E da nova visão, que ali sentira,
Prossegue a ouvir-lhe a narração gostosa:
Mais bela que esse Sol, que o Mundo gira,
E com cor (disse) de purpúrea rosa,
Vi formar-se no Céu nuvem serena,
Qual nasce a Aurora em madrugada amena.

(...)

XI

Aos pés da Mãe piedosa superada
Vê-se a antiga Serpente insidiosa,
De que a fronte na culpa levantada,
Quebra a planta Virgínea gloriosa:
E enroscando os mortais já quebrantada,
Ao eco só da Virgem poderosa,
No mais fundo do abismo se submerge,
E o feral antro do veneno asperge.

XII

Ao ver beleza tanta o pensamento,
Que a linda Imagem surpreendia absorto,
Ouve no centro d'alma um doce acento,
Que o peito enchia de vital conforto:
E como infunde às plantas novo alento
O matutino orvalho em fértil horto,
Tal dos doces influxos na abundância
Dentro d'alma eu senti nova constância.

XIII

Catarina (me diz) verás ditosa
Outra vez do Brasil a terra amada;
Faze que a Imagem minha gloriosa
Se restitua de vil mão roubada:
E assim dizendo, nuvem luminosa,
Como véu, cobre a face desejada;
E faz que na memória firme exista
Entre amor, e saudade a doce vista.

(...)

XLVII

Por santa invocação foi aclamada
A Senhora da Graça, e com fé pia
Foi desde aquele dia venerada
Singular Protetora da Bahia:
Igreja primitiva dedicada
Em meio às trevas dessa Gente ímpia,
Memorável (se a fama é verdadeira)
Porque em todo o Brasil fora a primeira.

(...)

XLIX

Era Tomé de Sousa o Comandante,
Que ali Governador fora mandado
Com multidão de Gentes abundante,
Para dar forma ao povo começado:

Num sítio com mil mangues verdejante,
Que o grão-Caramuru tinha habitado,
Da Colônia, que às Tabas se assemelha,
O nome nos ficou de Vila Velha.

(...)

LIII

De Varões Apostólicos um bando
Tem de inocentes o Esquadrão disposto,
Que iam na Santa Fé disciplinando,
Todos assistem com modesto rosto:
O Catecismo em cântico entoando,
No idioma Brasílico composto
Do Exército, que Inácio à Igreja alista,
Para emprender a bárbara conquista.

(...)

LXXVI

Que o indígena seja ali empregado,
E que à sombra das Leis tranquilo esteja;
Que viva em liberdade conservado,
Sem que oprimido dos Colonos seja:
Que às expensas do Rei seja educado
O Neófito, que abraça a Santa Igreja;
E que na santa empresa ao Missionário
Subministre subsídio o Régio Erário.

LXXVII

Por fim publica do Monarca reto,
Em favor de Diogo, e Catarina,
Um Real honorífico Decreto,
Que ao seu merecimento honras destina:
E em recompensa do leal afeto,
Com que a coroa a Dama lhe confina,
Manda honrar na Colônia Lusitana,
Diogo Álvares Correa de Viana.

Tomás Antônio Gonzaga

Nasceu em 11 de agosto de 1744 na cidade do Porto, em Portugal, e faleceu em 1810 na Ilha de Moçambique. Seu pseudônimo árcade era Dirceu.

Em 1761, formou-se em Direito. Retornando ao Brasil, apaixonou-se por Maria Doroteia Joaquina de Seixas Brandão, a quem dedicou sua principal obra, *Marília de Dirceu*. Foi preso sob a acusação de conspiração em 1789, enviado para a Ilha das Cobras, Rio de Janeiro.

Dentre as características do Arcadismo presentes em suas obras, destacam-se: a simplicidade da escrita, a vida no campo, o contato com a natureza e a preocupação em viver o presente (*carpe diem*).

Marília de Dirceu

Nesta obra árcade de características pré-românticas, o autor exalta a sua bela e amada Marília, uma pastora que é sua fonte de inspiração.

Parte I

Composta por trinta e três liras, descreve a beleza física de Marília, comparando-a a Afrodite, a deusa grega do amor.

Lira I

(...)

Os teus olhos espalham luz divina,
A quem a luz do sol em vão se atreve;
Papoula ou rosa delicada e fina
Te cobre as faces, que são cor da neve.
Os teus cabelos são uns fios d'ouro;
Teu lindo corpo bálsamos vapora.
Ah! Não, não fez o Céu, gentil Pastora,
Para glória de amor igual Tesouro!
        Graças, Marília bela,
        Graças à minha Estrela!

(...)

Depois que nos ferir a mão da Morte,
Ou seja neste monte, ou noutra serra,
Nossos corpos terão, terão a sorte
De consumir os dois a mesma terra.
Na campa, rodeada de ciprestes,
Lerão estas palavras os Pastores:
"Quem quiser ser feliz nos seus amores,
Siga os exemplos que nos deram estes".
Graças, Marília bela,
Graças à minha Estrela!

Lira II

Pintam, Marília, os Poetas
A um menino vendado,
Com uma aljava de setas,
Arco empunhado na mão;
Ligeiras asas nos ombros,
O tenro corpo despido,
E de Amor ou de Cupido
São os nomes que lhe dão.

(...)

Mal vi seu rosto perfeito,
Dei logo um suspiro, e ele
Conheceu haver-me feito
Estrago no coração.
Punha em mim os olhos, quando
Entendia eu não olhava;
Vendo que o via, baixava
A modesta vista ao chão.

(...)

Tu, Marília, agora vendo
De Amor o lindo retrato,
Contigo estarás dizendo
Que é este o retrato teu.
Sim, Marília, a cópia é tua,
Que Cupido é Deus suposto:
Se há Cupido, é só teu rosto,
Que ele foi quem me venceu.

Lira III

De amar, minha Marília, a formosura
Não se podem livrar humanos peitos.
Adoram os Heróis, e os mesmos brutos
Aos grilhões de Cupido estão sujeitos.
Quem, Marília, despreza uma beleza
        A luz da razão precisa;
        E se tem discurso, pisa
A lei, que lhe ditou a Natureza.

(...)

Se amar uma beleza se desculpa
Em quem ao próprio céu e terra move,
Qual é a minha glória, pois igualo,
Ou excedo no amor ao mesmo Jove?
Amou o Pai dos Deuses Soberano
        Um semblante peregrino;
        Eu adoro o teu divino,
O teu divino rosto, e sou humano.

(...)

Lira XXI

Não sei, Marília, que tenho,
Depois que vi o teu rosto,
Pois quanto não é Marília
Já não posso ver com gosto.
        Noutra idade me alegrava
Até quando conversava
Com o mais rude vaqueiro:
Hoje, ó bela, me aborrece
Inda o trato lisonjeiro
Do mais discreto pastor.
Que efeitos são os que sinto?
Serão efeitos de Amor?

Saio da minha cabana
Sem reparar no que faço;
Busco o sítio aonde moras,
Suspendo defronte o passo.

Fito os olhos na janela;
Aonde, Marília bela,
Tu chegas ao fim do dia;
Se alguém passa e te saúda,
Bem que seja cortesia,
Se acende na face a cor.
Que efeitos são os que sinto?
Serão efeitos de Amor?

(...)

Lira XXXII

(...)

"Depois, Amor, de me dares
A minha Marília bela,
Devo guardar umas Liras,
Que não são em honra dela?

E que importa, Amor, que importa
Que a estes papéis destrua?
Se é tua esta mão que os rasga,
Se a chama, que os queima é tua?"

(...)

Parte II

Na prisão, o autor escreveu a segunda parte de sua obra, composta por trinta e oito liras, que reflete o sofrimento pela separação e o sentimento de injustiça. Ele teme o futuro e a morte e vive de lembranças.

Lira I

Já não cinjo de louro a minha testa,
Nem sonoras Canções o Deus me inspira.
Ah! que nem me resta
Uma já quebrada,
Mal sonora Lira!

Mas neste mesmo estado em que me vejo,
Pede, Marília, Amor que vá cantar-te:

Cumpro o seu desejo;
E ao que resta supra
A paixão e a arte.

(...)

Nesta cruel masmorra tenebrosa
Ainda vendo estou teus olhos belos,
A testa formosa,
Os dentes nevados,
Os negros cabelos.

(...)

Lira II

Esprema a vil calúnia, muito embora,
Entre as mãos denegridas e insolentes,
Os venenos das plantas
E das bravas serpentes;

Chovam raios e raios, no meu rosto
Não hás de ver, Marília, o medo escrito,
O medo perturbado,
Que infunde o vil delito.

(...)

Eu tenho um coração maior que o mundo,
Tu, formosa Marília, bem o sabes:
Um coração, e basta,
Onde tu mesma cabes.

Lira III

Sucede, Marília bela,
À medonha noite o dia;
A estação chuvosa e fria
À quente, seca estação.
Muda-se a sorte dos tempos;
Só a minha sorte não?

(...)

Qual eu sou, verá o mundo;
Mais me dará do que eu tinha,
Tornarei a ver-te minha:
Que feliz consolação!
        Não há de tudo mudar-se,
        Só a minha sorte não?

(...)

Lira XXI

Que diversas que são, Marília, as horas,
Que passo na masmorra imunda, e feia,
Dessas horas felizes, já passadas
        Na tua pátria Aldeia!

Então eu me ajuntava com Glauceste;
E à sombra de alto Cedro na Campina
Eu versos te compunha, e ele os compunha
        À sua cara Eulina.

(...)

Lira XXXVI

Não hás de ter horror, minha Marília,
De tocar pulso que sofreu os ferros?
Infames impostores mos lançaram
        E não puníveis erros.

(...)

Mas pode ainda vir um claro dia,
Em que estas vis algemas, estes laços,
Se mudem em prisões, de alívios cheias
        Nos teus mimosos braços.

(...)

Lira XXXVII

Meu sonoro Passarinho
Se sabes do meu tormento,
E buscas dar-me, cantando,
Um doce contentamento.

Ah! não cantes mais, não cantes,
Se me queres ser propício.
Eu te dou em que me faças
Muito maior benefício.

Ergue o corpo, os ares rompe,
Procura o Porto da Estrela,
Sobe à serra e, se cansares,
Descansa num tronco dela.

(...)

A boca risonha e breve,
Suas faces cor-de-rosa,
Numa palavra: a que vires
Entre todas mais formosa.

Chega então ao seu ouvido,
Dize que sou quem te mando,
Que vivo nesta masmorra,
Mas sem alívio penando.

Lira XXXVIII

(...)

O mesmo autor do insulto
Mais a riso, do que a terror me move.
Deu-lhe nesta loucura,
Podia se fazer Netuno ou Jove.
A prudência é tratá-lo por demente,
Ou prendê-lo, ou entregá-lo,
Para dele zombar a moça gente.

(...)

Não sou aquele mesmo,
Que a extinção do débito pedia?
Já viste levantado
Quem à sombra da paz alegre ria?
Um direito arriscado eu busco e feio,
E quero que se evite
Toda a razão do insulto, e todo o meio?

Não sabes quanto apresso
Os vagarosos dias da partida?
Que a fortuna risonha,
A mais formosos campos me convida?
Não me unira, se os houvesse, aos vis traidores;
Daqui nem ouro quero!
Quero levar somente os meus amores.

(...)

Parte III

Esta parte da obra é composta por nove liras e treze sonetos, mas apenas as liras fazem referência a Marília. Possui o mesmo tom melancólico e solitário da segunda parte, pois também foi escrita na prisão.

Lira I

Convidou-me a ver seu Templo
O cego Cupido um dia;
Encheu-se de gosto o peito,
Fiz deste Deus um conceito.
Como dele não fazia.

Aqui vejo, descorados,
Os terníssimos amantes
Entre as cadeias gemerem;
Vejo nas piras arderem
As entranhas palpitantes.

(...)

"Anda agora a est'outra parte:
Conheces, Dirceu, aquela?"
"— Onde vais?" (lhe digo) "explica
Que beleza aqui nos fica,
Sem fazeres caso dela?"

Ergo os olhos, ponho a vista
Na imagem não explicada.
Oh! quanto é digna de apreço!
Mal exclamo assim, conheço
Ser a minha doce amada.

(...)

Ao resto, Amor me convida;
Eu chorando a mão lhe beijo,
E lhe digo: — Amor, perdoa
Não seguir-te, pois não voa
A ver mais o meu desejo.

(...)

Lira III

Tu não verás, Marília, cem cativos
Tirarem o cascalho e a rica terra,
Ou dos cercos dos rios caudalosos,
        Ou da minada Serra.

Não verás separar ao hábil negro
Do pesado esmeril a grossa areia,
E já brilharem os granetes de ouro
        No fundo da bateia.

(...)

Lerás em alta voz a imagem bela;
Eu, vendo que lhe dás o justo apreço,
Gostoso tornarei a ler de novo
        O cansado processo.

Se encontrares louvada uma beleza,
Marília, não lhe invejes a ventura,
Que tens quem leve à mais remota idade
        A tua formosura.

(...)

Lira IX[1]

(...)

Parto, enfim, e vou sem ver-te,
Que neste fatal instante
Há de ser o teu semblante
Mui funesto aos olhos meus.
        Ah! não posso, não, não posso
        Dizer-te, meu bem, adeus!

[1] Na edição de 1812, é também denominada "A uma despedida". (**N. do E.**)

(...)

Parto, enfim, Dirceia bela,
Rasgando os ares cinzentos;
Virão nas asas dos ventos
Buscar-te os suspiros meus.
Ah! não posso, não, não posso
Dizer-te, meu bem, adeus!

Talvez? Dirceia adorada,
Que os duros fados me neguem
A glória de que eles cheguem
Aos ternos ouvidos teus.
Ah! não posso, não, não posso
Dizer-te, meu bem, adeus!

E quando tornar a ver-te.
Ajuntando rosto a rosto,
Entre os que dermos de gosto,
Restitui-me então os meus.
Ah! não posso, não, não posso
Dizer-te, meu bem, adeus!

(...)

Soneto II

Num fértil campo de soberbo Douro,
Dormindo sobre a relva descansava,
Quando vi que a Fortuna me mostrava
Com alegre semblante, o seu Tesouro.

De uma parte, um montão de prata e ouro
Com pedras de valor o chão curvava;
Aqui um cetro, ali um trono estava,
Pendiam coroas mil de grama e louro.

"Acabou-se" (diz-me então) "a desventura:
De quantos bens te exponho qual te agrada,
Pois benigna os concedo, vai procura".

Escolhi, acordei, e não vi nada:
Comigo assentei logo que a ventura
Nunca chega a passar de ser sonhada.

(...)

Soneto IV

Ainda que de Laura esteja ausente
Há de a chama durar no peito amante;
Que existe retratado o seu semblante,
Se não nos olhos meus, na minha mente.

Mil vezes finjo vê-la e eternamente
Abraço a sombra vã; só neste instante
Conheço que ela está de mim distante,
Que tudo é ilusão que esta alma sente.

Talvez que ao bem de a ver Amor resista:
Porque minha paixão, que aos Céus é grata,
Por inocente assim melhor persista;

Pois quando só na ideia ma retrata,
Debuxa os dotes com que prende, vista,
Esconde as obras com que ofende, ingrata.

(...)

Soneto XII

Com pesadas cadeias maniatado,
Às vozes da razão ensurdecido,
Dos Céus, de mim, dos homens esquecido,
Me vi de amor nas trevas sepultado.

Ali aliviava o meu cuidado
C'o dar de quando em quando algum gemido.
Ah! tempo! que somente refletido
Me fazes entre as ditas desgraçado.

Assim vivia, quando a falsidade
De Laura me tornou num breve dia
Quanto a razão não pôde em longa idade:

Quebrei o vil grilhão que me oprimia!
Oh! feliz de quem goza a liberdade,
Bem que venha por mãos da aleivosia!

Cartas Chilenas

Escritas sob o pseudônimo Critilo e destinadas a um amigo, Doroteu, criticam e satirizam as ações do governador das Minas Gerais à época, Luís da Cunha Meneses, apelidado de Fanfarrão Minésio.

Critilo dedica as cartas "aos grandes de Portugal" e explica que expor os erros de uma pessoa é uma maneira de educar as demais, pois estas não seguirão o mau exemplo daquela. Acredita-se que as cartas eram destinadas a Cláudio Manuel da Costa.

Epístola a Critilo

Carta escrita por Doroteu, contando a Critilo suas opiniões e impressões a respeito de seus escritos.

(...)

Pede o Congresso, de terror ferido,
Que o rígido Censor o Circo deixe
Ou que se não produza a torpe Cena.

Este, ó Critilo, o precioso efeito
Dos teus versos será, como em espelho,
Que as cores toma e que reflete a imagem;
Os ímpios Chefes de uma igual conduta
A ele se verão, sendo arguidos
Pela face brilhante da virtude,
Que nos defeitos de um castiga a tantos.
Lições prudentes de um discreto aviso,
No mesmo horror do crime, que os infama,
Teus escritos lhes deem. Sobrada usura
É este o prêmio das fadigas tuas.

Eles dirão, voltando-se a Critilo:
Quando devemos, ó Censor facundo,
Ao castigado metro, com que afeias
Nossos delitos, e buscar nos fazes
Da cândida virtude a sã doutrina!

Carta Primeira

Em que se Escreve a Entrada, que Fez Fanfarrão em Chile

Fanfarrão Minésio, o novo governador do Chile (a cidade de Vila Rica), é descrito no dia de sua posse.

Amigo Doroteu, prezado amigo,
Abre os olhos, boceja, estende os braços
E limpa, das pestanas carregadas,
O pegajoso humor, que o sono ajunta.
Critilo, o teu Critilo é quem te chama;
Ergue a cabeça da engomada fronha
Acorda, se ouvir queres coisas raras.

(...)

Pois se queres ouvir notícias velhas,
Dispersas por imensos alfarrábios,
Escuta a história de um moderno Chefe,
Que acaba de reger a nossa Chile,
Ilustre imitador a Sancho Pança.
E quem dissera, Amigo, que podia
Gerar segundo Sancho a nossa Espanha!
Não penses, Doroteu, que vou contar-te
Por verdadeira história uma novela
Da classe das patranhas, que nos contam
Verbosos Navegantes, que já deram
Ao globo deste mundo volta inteira:

(...)

Ah pobre Chile! que desgraça esperas!
Quanto melhor te fora, se sentisses
As pragas, que no Egito se choraram,
Do que veres, que sobe ao teu Governo
Carrancudo Casquilho, a quem rodeiam
Os néscios, os marotos, e os peraltas.

(...)

Chegou-se o dia da funesta posse,
Mal os Grandes se ajuntam, desce a escada,
E sem mover cabeça, vai meter-se
Debaixo do lustroso, e rico Pálio.

Caminham todos juntos para o Templo:
Um Salmo se repete em doce coro,
A que ele assiste desta sorte inchado:
Entesa mais que nunca o seu pescoço,

(...)

Carta Segunda

Em que se Mostra a Piedade, que Fanfarrão Fingiu no Princípio do seu Governo para Chamar a si todos os Negócios

Fanfarrão Minésio demonstra boas intenções para que a população confie nele para resolver os mais diversos assuntos. Critilo o acusa de não estar preparado para a política.

(...)

Apenas, Doroteu, o nosso Chefe
As rédeas manejou do seu Governo,
Fingir-nos intentou, que tinha uma alma
Amante da virtude. Assim foi Nero;
Governou aos Romanos pelas regras
Da formosa justiça; porém logo
Trocou o Cetro de ouro em mão de ferro.

(...)

Aquele, Doroteu, que não é Santo,
Mas quer fingir-se Santo aos outros homens,
Pratica muito mais, do que pratica,
Quem segue os sãos caminhos da verdade.
Mal se põe nas Igrejas de joelhos,
Abre os braços em cruz, a terra beija,
Entorta o seu pescoço, fecha os olhos,
Faz que chora, suspira, fere o peito;
E executa outras muitas macaquices,
Estando em parte, onde o mundo as veja.
Assim o nosso Chefe, que procura
Mostrar-se compassivo, não descansa
Com estas poucas obras: passa a dar-nos
Da sua compaixão maiores provas.

(...)

À vista pois dos fatos, que executa
O nosso grande Chefe, decisivos
Da piedade, que finge, a louca gente
De toda a parte corre a ver, se encontra
Algum pequeno alívio à sombra dele.

(...)

Então o grande Chefe sem demora
Decide os casos todos, que lhe ocorrem,
Ou sejam de Moral, ou de Direito,
Ou pertençam também à medicina,
Sem botar, (que ainda é mais), abaixo um livro
Da sua sempre virgem Livraria.

(...)

E que queres, Amigo, que suceda?
Esperavas acaso um bom Governo
Do nosso Fanfarrão? Tu não o viste
Em trajes de Casquilho nessa Corte?
E pode, meu Amigo, de um peralta
Formar-se de repente um homem sério?
Carece, Doroteu, qualquer Ministro
Apertados estudos, mil exames;
E pode ser o Chefe onipotente,
Quem não sabe escrever uma só regra,
Onde ao menos se encontre um nome certo?

(...)

Carta Terceira

Em que se Contam as Injustiças, e Violências, que Fanfarrão Executou por Causa de uma Cadeia, a que Deu Princípio

Para a construção de uma cadeia, Fanfarrão abusa do povo.

(...)

Pretende, Doroteu, o nosso Chefe
Erguer uma Cadeia majestosa,
Que possa escurecer a velha fama

Da Torre de Babel, e mais dos grandes
Custosos edifícios, que fizeram,
Para sepulcros seus os Reis do Egito.

(...)

Desiste, louco Chefe, dessa empresa;
Um soberbo edifício levantado
Sobre ossos de inocentes, construído
Com lágrimas dos pobres, nunca serve
De glória ao seu autor, mas sim de opróbrio.

(...)

Para haver de suprir o nosso Chefe
Das obras meditadas as despesas,
Consome do Senado os rendimentos,
E passa a maltratar o triste povo
Com estas nunca usadas violências.
Quer cópia de forçados, que trabalhem
Sem outro algum jornal, mais que o sustento,
E manda a um bom Cabo, que lhe traga
A quantos quilombotas se apanharem,
Em duras gargalheiras.

(...)

Nas levas, Doroteu, não vêm somente
Os culpados vadios; vem aquele,
Que a dívida pediu ao Comandante;
Vem aquele, que pôs impuros olhos
Na sua mocetona: e vem o pobre,
Que não quis emprestar-lhe algum negrinho,
Para lhe ir trabalhar na roça e lavra.

Estes tristes, mal chegam, são julgados
Pelo benigno Chefe a cem açoites.
Tu sabes, Doroteu, que as Leis do Reino
Só mandam, que se açoitem com a sola,
Aqueles agressores, que estiverem
Nos crimes quase iguais aos réus de morte:

(...)

Carta Quarta

Em que se Continua a mesma Matéria

Critilo continua descrevendo as condições precárias e desumanas de trabalho a que são submetidos os cidadãos e as consequências desses maus tratos.

(...)

Preza-se de fidalgo, e não se lembra,
Que seu pai foi um pobre, que vivia
De cobrar dos Contratos os dinheiros,
De que ficou devendo grandes somas,
Sinal de que ele foi um bom velhaco.
O filho, Doroteu, tomou-lhe as manhas;
Era um triste pingante, que só tinha
O seu pequeno soldo; agora veio
Para Inspetor das obras, e já ronca,
Já empresta dinheiros, já tem casas,
Já tem trastes de custo, e ricos móveis;
Mas logo, Doroteu, verás o como.

Mal o duro Inspetor recebe os presos,
Vão todos para as obras; alguns abrem
Os fundos alicerces; outros quebram
Com ferros, e com fogo as pedras grossas.
Aqui, prezado Amigo, não se atende
Às forças nem aos anos.

(...)

Aqui se não concede de descanso
Aquele mesmo dia, o grande dia,
Em que Deus descansou, e em que nos manda,
Façamos obras santas, sem que demos
Aos jumentos, e bois algum trabalho.
Tu sabes, Doroteu, que um tal serviço
Por uma civil morte se reputa.
Que peito, Doroteu, que duro peito
Não deve ter um chefe, que atormenta
A tantos inocentes por capricho?

(...)

Carta Quinta

Em que se Contam as Desordens Feitas nas Festas, que se Celebraram nos Desposórios de nosso Sereníssimo Infante com a Sereníssima Infanta de Portugal

Fanfarrão Minésio vai se casar com uma moça nobre e, depois de ameaças ao governo, consegue usar o dinheiro público para os preparativos. No dia do casamento, demonstra ter certeza de sua superioridade em relação aos demais, chegando a desrespeitar um bispo.

(...)

Chegou à nossa Chile a doce nova,
De que Real infante recebera
Bem digna de seu leito Casta Esposa;
Reveste-se o Baxá de um gênio alegre,
E para bem fartar os seus desejos,
Quer que as despesas do Senado, e povo
Arda em grandes festins a terra toda.

(...)

Chega enfim o dia suspirado,
O dia do festejo: todos correm
Com rostos de alegria ao santo Templo:

(...)

Acaba-se a função: e o nosso Chefe
A casa com o Bispo se recolhe;
A nobreza da terra os acompanha,
Até que montam a dourada sege.

(...)

Vai passando por todos, sem que abaixe
A emproada cabeça, qual Mandante,
Que passa pelo meio das fileiras.
Chega junto da sege, à sege sobe,
E da parte direita toma assento.
O Bispo, o velho Bispo, atrás caminha
Em ar de quem se teme da desfeita:
Com passos vagarosos chega à sege;
Encaixa na estribeira o pé cansado,
E duas vezes, por subir forceja.

Acodem alguns Padres respeitosos;
E por baixo dos braços o sustentam:
Então com mais alento o corpo move,
Dá o terceiro arranco, o salto vence,
E sem poder soltar uma palavra,
Ora vermelho, ora amarelo fica
Do nosso Fanfarrão ao lado esquerdo.
Agora dirás tu: "Que bruto é esse?
Pode haver um tal homem, que se atreva
A pôr na sua sege ao seu Prelado
Da parte da boleia? Eu tal não creio."

(...)

Carta Sexta

Em que se Conta o Resto dos Festejos

Critilo narra as comemorações do dia do casamento, que se estendem até o dia seguinte.

(...)

Pois eis aqui, Amigo, o nosso Chefe:
Não quer perder de estar casquilho, e teso
No erguido camarote um breve instante.

Chegam-se, enfim, as horas do festejo;
Entra na praça a grande comitiva;
Trazem os pajens as compridas lanças
De fitas adornadas, vêm à destra
Os formosos ginetes arreados:
Seguem-se os Cavaleiros, que cortejam
Primeiro ao bruto Chefe, logo aos outros,
Dividindo as fileiras sobre os lados:
Não há quem o cortejo não receba
Em ar civil, e grato: só o Chefe
O corpo da cadeira não levanta,
Nem abaixa a cabeça; qual o dono
Dos míseros escravos, quando juntos
A bênção vão pedir-lhe, por que sejam
Ajudados de Deus no seu trabalho.

(...)

Cresceram, doce Amigo, alguns foguetes
Da noite, em que o Senado fez no Curro
De pólvora queimar barris imensos.
Em uma noite clara, qual o dia,
Ordena, que os foguetes vão aos ares;

(...)

Carta Sétima

Em que se Trata da Venda dos Despachos e Contratos

Critilo narra ao amigo Doroteu algumas das artimanhas realizadas pelo governante Fanfarrão Minésio para com elas obter benefício próprio.

(...)

Pretende, Doroteu, o nosso Chefe
Mostrar um grande zelo nas cobranças
Do imenso cabedal, que todo o povo
Aos Cofres do Monarca, está devendo:
Envia bons soldados às Comarcas,
E manda-lhes que cobrem, ou que metam
A quantos não pagarem nas Cadeias.

(...)

Entraram nas Comarcas os soldados,
E entraram a gemer os tristes povos;
Uns tiram os brinquinhos das orelhas
Das filhas, e mulheres: outros vendem
As escravas já velhas, que os criaram,
Por menos duas partes do seu preço.

(...)

O pobre, porque é pobre, pague tudo;
E o rico, porque é rico, vai pagando
Sem soldados à porta, com sossego!
Não era menos torpe, e mais prudente,
Que os devedores todos se igualassem?
Que sem haver respeito ao pobre, ou rico,
Metessem no Erário um tanto certo,
À proporção das somas, que devessem?

Indigno, Indigno Chefe! Tu não buscas
O público interesse. Tu só queres
Mostrar ao sábio Augusto um falso zelo;
Poupando ao mesmo tempo os devedores,
Os grossos devedores, que repartem
Contigo os cabedais, que são do Reino.

(...)

CARTA OITAVA

Critilo lamenta Fanfarrão ser governante e pede a Doroteu que leia as cartas para aprender, com o mau exemplo, o que não deve ser feito.

(...)

Maldito, Doroteu, maldito seja
O Pai de Fanfarrão, que deu ao mundo,
Ao mundo literário tanta perda,
Criando ao hábil filho numa Corte,
Qual morgado, que habita em pobre Aldeia!

(...)

Não lucra, doce Amigo, o nosso Chefe
Somente em revogar os extermínios,
Que fazem os Ministros: ele mesmo
Ordena se despejem os ricaços,
Ainda que estes vivam sem suspeita
Do infame contrabando: desta sorte
Os obriga também a vir à tenda
Comprar por grossas barras seus despachos.

(...)

Porém, Amigo, é tempo, é tempo
De fechar esta Carta, pois ainda
Que a matéria por nova te deleite,
A muita difusão também enfada.
Eu a pena deponho, e só te peço,
Que tomes a lição, que te apresenta
O nosso Fanfarrão no seu mulato.

(...)

Carta Nona

Em que se Contam as Desordens, que Fanfarrão Obrou no Governo das Tropas

Critilo aponta as injustiças cometidas por Fanfarrão na chefia do corpo militar da cidade, tendo em vista seus interesses próprios.

(...)

Tens visto, Doroteu, o como o Chefe
Os delitos castiga; agora sabe
Da sorte que reparte aos bons os prêmios.

Morreu um Capitão, e subiu logo
Ao posto devoluto um bom Tenente.
Por que foi, Doroteu? Seria acaso
Por ser Tenente antigo? ou porque tinha
Com honra militado? Não, Amigo,
Foi só porque largou três mil cruzados;

(...)

A desordem, Amigo, não consiste
Em formar Esquadrões; mas sim no excesso.
Um Reino bem regido não se forma
Somente de soldados; tem de tudo;
Tem milícia, lavoura, e tem Comércio.

(...)

A este corpo imenso de milícia
Concede Fanfarrão as regalias,
Que as nossas Leis não dão aos bons Vassalos,
Que chegam aos empregos mais honrosos,
Em paga de proezas, e serviços.

(...)

De que serve fazer-se o que as Leis mandam
Na terra, que governa um bruto Chefe,
Que não tem outra Lei mais que a vontade?

(...)

O Chefe, Doroteu, só quer dinheiro,
E dando aos militares regalias,
Podem os grandes postos, que lhes vende,
Subir à proporção, também de preço.

(...)

Carta Décima
Em que se Contam as Desordens Maiores, que Fanfarrão Fez no seu Governo

Critilo narra as injustiças cometidas por Fanfarrão: dentre outras, ordena que um meirinho sustente trinta presos e, depois de mandar prender um soldado inocente, não presta socorro ao vê-lo enfermo.

(...)

Manda embargar aos presos na Cadeia
Do nosso Sant'Iago, e manda ao pobre
Do condutor meirinho, que os sustente,
Assistindo também aos que enfermarem
Com médicos, remédios, e galinhas.
Acaba-se o dinheiro, que lhe deram,
Para fazer os gastos do caminho;
Recorre neste aperto ao bruto Chefe,
Expõe-lhe, que não tem, com que alimente
Ao menos a si próprio; pede, e roga
Que o deixe recolher à pátria terra,
Para nela exercer seu pobre ofício.
Tão terna rogativa não merece
Do Chefe a compaixão; antes lhe ordena,
Que assista, como dantes, aos culpados
De todo o necessário na enxovia:
Que a faltar-lhe o dinheiro para os gastos,
Ou que o peça, ou que o furte.

(...)

Parte logo o soldado, e conta ao Chefe
O sucesso da praça: o bruto monstro,
Julgando profanado o seu respeito,
Manda lançar no pobre Licitante
Um pesado grilhão, e manda pô-lo,
Ajoujado com um despido negro,
A trabalhar nas obras da Cadeia;
O preso injuriado desfalece,
E o Chefe desumano desce à rua,
Para que possa de mais perto vê-lo.
Sucede a um desmaio, outro desmaio;
O negro companheiro então lhe acode,
Nos braços compassivos o sustenta;

Porém o velho Chefe que deseja
O vê-lo ali morrer, por um soldado
Manda ao negro dizer, que ao preso deixe,
E cuide em prosseguir no seu trabalho.

(...)

Carta Décima Primeira

Em que se Contam as Brejeirices de Fanfarrão

Critilo narra algumas artimanhas de Fanfarrão Minésio: além de se divertir com as mulheres de outros homens, pede favores ao bispo que, no dia de seu casamento, desrespeitou.

(...)

Ah! tu, famoso Chefe, dás exemplo.
Tu já, tu já batucas escondido
Debaixo dos teus tetos, com a moça,
Que furtou ao senhor o teu Ribério!
Tu também já batucas sobre a sala
Da formosa Comadre, quando o pede
A borracha função do santo Entrudo!

(...)

Faltaram às promessas outros homens,
Que de honrados nos deram muitas provas.
Como faltar não pode ao seu ajuste
Um fraco coração, uma alma indigna,
Que por tão baixo preço a honra vende?
Cautela e mais cautela; sim o Chefe
Não saberá mandar armadas tropas,
Nem saberá reger as cultas gentes:
Mas para o não lograrem, sabe astuto
Dar todas as cadimas providências.
Escreve ao velho Bispo, e lhe suplica,
Que em todos os três banhos o dispense.
Não expende razão, que justa seja:
Porém o velho Bispo tem bom gênio,
E em todos os proclamas o dispensa:

(...)

Agora inquirirás, prezado Amigo,
Se é este sábio Bispo aquele mesmo,
Que o bruto Fanfarrão um certo dia
Meteu na sua sege do lado esquerdo.
É este, sim, senhor, o mesmo Bispo,
A quem o nosso Chefe desalmado,
Enquanto governou a nossa Chile,
Já dentro de Palácio, e já na rua
Tratou, como quem trata um vil podengo.

(...)

Carta Décima Segunda

Critilo descreve mais alguns enganos cometidos por Fanfarrão.

(...)

Na corja dos marotos aparece
Um magriço mulato, a quem o Chefe
Por ocultas razões estima, e preza.
Talvez que noutro tempo lhe levasse
Os miúdos papéis às suas damas.
Ocupação distinta, que já teve
Um famoso Mercúrio, que comia
Sentado à mesa dos mais altos Deuses.
Deseja o nosso Chefe, que este lucre
Quatrocentas oitavas pelo menos:
E, para que não saiam do seu bolso,
Descobre esta feliz, e nova ideia.
Dispõe dos bens alheios como próprios;
No público Teatro de Lupésio
Ordena, Doroteu, se represente
Uma vista comédia, por que fiquem
Para o velho mulato, os lucros dela.

(...)

Roubou um seu criado a certa escrava,
E dentro lha meteu do seu Palácio.
Conheceu o Senhor, quem fez o furto,
E foi pedir ao Chefe, que mandasse,
Que o terno roubador restituísse

A serva com os lucros, pois cedia
De toda a mais ação, que a Lei lhe dava.
Que entendes, Doroteu, que obrou o Chefe?
Que fez um sério exame sobre o caso?
Que conhecendo ser a queixa justa,
Meteu em duros ferros ao criado?
Que não lhe perdoou, enquanto o mesmo
Ofendido queixoso não lhe veio
Suplicar o perdão da culpa grave?
Devias esperar, que assim fizesse.
Mas quando a razão pede certa coisa,
Ele então executa o seu contrário.

(...)

Carta Décima Terceira

Critilo dá alguns exemplos de governantes que usaram da religião para ganhar a confiança do povo.

(...)

Também, também sabemos, que este sábio,
Para ter mais conceitos entre o seu povo,
Fingiu, que a Ninfa Egéria, sendo noite,
Vinha falar com ele, e que benigna,
A forma do governo lhe inspirava.
O mesmo Sertório, que dizia,
Que nada executava, que não fosse
Ensinado por uma branca cerva,
Que a Deusa caçadora lhe mandara.
Mafoma, o vil Mafoma, astuto segue
Também este sistema. Ao seu ouvido
Acostuma a chegar-se a mansa pomba.
A Nação ignorante se convence
De que este seu Profeta conhecia
Os segredos do Céu por este meio.
Não há, meu Doroteu, não há um Chefe,
Bem que perverso seja, que não finja
Pela Religião um justo zelo,
E quando não o faça por virtude,
Sempre ao menos o mostra por sistema.

Suplemento
Literário

ARCADISMO

O que É Literatura?

Pintura, escultura, música, dança, literatura, entre outras formas de arte, permitem ao ser humano expressar-se e representar seu sentimento e pensamento a respeito do mundo e fatos à sua volta.

A literatura é a arte de compor obras com o uso da linguagem, oral ou escrita. A partir dessa colocação, alguns poderiam entender que uma piada ou mesmo uma pichação seriam literatura. E essa é uma discussão polêmica.

O que entendemos por literatura enquanto arte, e que faz parte do currículo escolar, é a forma de expressão de homens e mulheres que, por suas características, deram às palavras vários significados e denotações, criaram textos de ficção ou representaram a realidade de uma época, seus valores, conceitos, anseios e costumes. Seus textos em verso, em prosa, para teatro, ultrapassaram os séculos e continuam vívidos até os nossos dias.

Os Movimentos Literários

Os escritores, e os artistas de um modo geral, sofrem influência dos acontecimentos e valores de sua época. Pense, por exemplo, em alguns conjuntos de música que estão em moda no início deste século XXI: ao compará-los surgirão algumas características em comum. O mesmo se dá com os autores de obras literárias, escultores ou pintores de uma época. Assim, tomando-se um período de tempo, é possível identificar semelhanças tanto na emoção do conteúdo quanto na forma de expressão.

Ao lado, colocados em uma linha do tempo, os principais movimentos literários brasileiros. Alguns deles podem ser subdivididos segundo características de autores e obras ainda mais específicas. Observe suas principais características, como um movimento se distingue do anterior e os fatos marcantes do período histórico.

Características	Situação Mundial	Situação Brasileira
• Dualismo • Presença marcante de antíteses, metáforas, hipérboles • Pessimismo • Cultismo • Conceptismo	• Fim da hegemonia de Portugal e domínio espanhol • Apoio à Contra-Reforma contra os ideais protestantes	• Apogeu das plantações de cana-de-açúcar • Invasões holandesa e francesa • Escravidão
• Bucolismo • Inspiração das ideias clássicas • Simplicidade • Equilíbrio • Harmonia	• Iluminismo • Revolução Francesa • Independência das colônias inglesas da América do Norte • Revolução Industrial	• Inconfidência Mineira • Exploração das minas de ouro • Escravidão
• Oposição ao clássico • Culto à natureza • Idealização da mulher • Nacionalismo • Egocentrismo • Sentimentalismo	• Burguesia x proletariado • Revolução Francesa • Independência das colônias portuguesas e espanholas	• Vinda da Família Real • Independência política • Revoltas do período regencial: Cabanagem, Sabinada, Balaiada, Malês e Farrapos • Escravidão
• Objetivismo • Valorização da realidade • Linguagem esmerada, trabalhada, minuciosa • Arte pela Arte	• Nova Revolução Industrial • Positivismo • Evolucionismo • Ideias socialistas difundidas por Karl Marx • Nacionalismo na Europa	• Guerra do Paraguai • Abolição da escravatura • Extinção da monarquia e proclamação da República • Decadência da economia açucareira e ascensão da produção de café
• Musicalidade • Negação ao positivismo • Misticismo • Subjetivismo • Pessimismo	• Imperialismo europeu • Neocolonialismo na Ásia e África • Primeira Guerra Mundial • Revolução Russa • Movimentos totalitários: fascismo e nazismo	• Política do café com leite • Momento das grandes revoltas do período republicano • Revoltas: Federalista, da Armada e de Canudos
• Descrição precisa da realidade • Foco nas classes marginalizadas: sertanejos, mulatos etc.	• Primeira Guerra Mundial • Surgimento das vanguardas europeias: futurismo, dadaísmo, cubismo, expressionismo	• Reformas urbanas no RJ • Revoltas da Vacina e da Chibata • Origem da burguesia urbana • Imigração europeia • Industrialização e organização do operariado

Arcadismo

O Arcadismo é um movimento literário que predominou na segunda metade do século XVIII, inspirado pelas ideias iluministas, que se difundiam por toda a Europa, de uma sociedade alicerçada na razão e no progresso do ser humano.

Na Literatura, o Arcadismo se contrapõe aos exageros contidos no Barroco: sua linguagem é mais simples e espontânea. O bucolismo é o principal tema desse período, retratando a vida no campo, o contato direto com a natureza e a vida sadia e tranquila dos pastores. Essa valorização da vida pastoril pode ser considerada uma espécie de fuga para o homem que, naquele período, ainda tentava se acostumar com o desenvolvimento trazido pela Revolução Industrial.

A palavra *arcadismo* deriva de Arcádia, uma região da Grécia. O fato de os autores da época adotarem pseudônimos gregos e latinos, referindo-se aos deuses da mitologia, fez com que esse período também ficasse conhecido como **Neoclassicismo**.

Características do Movimento

- **Bucolismo:** exaltação da vida no campo e da natureza. É a principal característica do período.

- **Valorização da razão:** inspirados pelas ideias gregas, latinas e iluministas, os poetas da época buscavam uma explicação mais racional para os fatos e se baseavam em cinco princípios:
    - aproveitar o momento presente (*carpe diem*), pois o tempo passa rapidamente e é preciso viver com intensidade cada momento;
    - cortar o inútil (*inutilia truncat*), ou seja, abolir tudo que for exagerado e redundante;
    - o culto à natureza (*fugere urbem*, ou seja, fugir da cidade);
    - "dourada mediocridade" (*aurea mediocritas*), isto é, a valorização da honra, do humilde, do simples;
    - a busca por um lugar tranquilo (*locus amoenus*), feliz, que é, em geral, representado pelo campo, livre dos excessos da cidade.

- **Linguagem simples:** a fim de se opor à linguagem barroca, cujo estilo era rebuscado, exagerado, o Arcadismo fez-se mais sutil para retratar a vida no campo e se aproximar da linguagem dos pastores.

O Arcadismo surgiu primeiramente em Roma, pois os italianos foram os primeiros a fundar, em 1690, uma Arcádia inspirada na Arcádia grega. Em Portugal, a criação da Arcádia lusitana, em 1756, marca o início do Arcadismo, sendo Bocage um de seus maiores expoentes e o melhor poeta de seu tempo.

No Brasil, a publicação, em 1768, de *Obras Poéticas*, de Cláudio Manuel da Costa, foi o marco inicial desse movimento. Além dele, outros autores consagrados desse período são Tomás Antônio Gonzaga, Frei Santa Rita Durão e Basílio da Gama.

Teste seus Conhecimentos

1. (MACK – SP) Assinale a alternativa que NÃO apresenta um trecho do Arcadismo brasileiro.

a. "Se sou pobre pastor, se não governo
Reinos, nações, províncias, mundo, e gentes;
Se em frio, calma, e chuvas inclementes
Passo o verão, outono, estio, inverno;"

b. "Destes penhascos fez a natureza
O berço, em que nasci! oh quem cuidara,
Que entre penhas tão duras se criara
Uma alma terna, um peito sem dureza!"

c. "Musas, canoras musas, este canto
Vós me inspirastes, vós meu tenro alento
Erguestes brandamente àquele assento
Que tanto, ó musas, prezo, adoro tanto."

d. "Meu ser evaporei na lida insana
Do tropel das paixões que me arrastava,
Ah! cego eu cria, ah! mísero eu sonhava
Em mim, quase imortal, a essência humana!"

e. "Não vês, Nise, este vento desabrido,
Que arranca os duros troncos? Não vês esta,
Que vem cobrindo o céu, sombra funesta,
Entre o horror de um relâmpago incendido?"

2. (UFV – MG) Sobre o Arcadismo no Brasil, podemos afirmar que:

a. produziu obras de estilo rebuscado, pleno de antíteses e frases tortuosas, que refletem o conflito entre matéria e espírito.

b. não apresentou novidades, sendo mera imitação do que se fazia na Europa.

c. além das características europeias, desenvolveu temas ligados à realidade brasileira, sendo importante para o desenvolvimento de uma literatura nacional.

d. apresenta já completa ruptura com a literatura europeia, podendo ser considerado a primeira fase verdadeiramente nacionalista da literatura brasileira.

e. presente sobretudo em obras de autores mineiros como Tomás Antônio Gonzaga, Cláudio Manuel da Costa, Silva

Alvarenga e Basílio da Gama, caracteriza-se como expressão da angústia metafísica e religiosa desses poetas, divididos entre a busca da salvação e o gozo material da vida.

3. (UEL – PR) Sou Pastor; não te nego; os meus montados
São esses, que aí vês; vivo contente
Ao trazer entre a relva florescente
A doce companhia dos meus gados.

Os versos acima são exemplos

a. do espírito harmonioso da poesia arcádica.
b. do estilo tortuoso do período barroco.
c. do refinamento e da ostentação da poesia parnasiana.
d. do intento nacionalista na poesia romântica.
e. do humor e do lirismo dos primeiros modernistas.

4. (MACK – SP) Sobre o Arcadismo no Brasil, é incorreto afirmar que:

a. Cláudio Manuel da Costa, um de seus autores mais importantes, embora tenha assumido uma atitude pastoril, traz, em parte de sua obra poética, aspectos ligados à lírica camoniana.
b. em *Marília de Dirceu*, Tomás Antônio Gonzaga não segue aspectos formais rígidos, como o soneto e a redondilha em todas as partes da obra.
c. nas *Cartas Chilenas*, o autor satiriza Luís da Cunha Meneses por suas arbitrariedades como governador da capitania de Minas.
d. Basílio da Gama, em *O Uraguai*, seguiu a rígida estrutura camoniana de *Os Lusíadas*, usando versos decassílabos em oitava-rima.
e. *Caramuru* tem, como tema principal, o descobrimento da Bahia por Diogo Álvares Correia, apresentando, também, os rituais e as tradições indígenas.

5. (UFV – MG) Os árcades, no Brasil, assimilaram as ideias neoclássicas europeias, muitas vezes reinterpretando, cada um ao seu estilo, a realidade sociopolítica e cultural do país, como se observa no seguinte fragmento das *Cartas Chilenas*:

Pretende, Doroteu, o nosso Chefe
Erguer uma Cadeia majestosa,

Que possa escurecer a velha fama
Da Torre de Babel, e mais dos grandes
Custosos edifícios, que fizeram,
Para sepulcros seus os reis do Egito.
Talvez, prezado Amigo, que imagine,
Que neste monumento se conserve
Eterna a sua glória; bem que os povos
Ingratos não consagrem ricos bustos,
Nem montadas estátuas ao seu nome.
Desiste, louco Chefe, dessa empresa;
Um soberbo edifício levantado
Sobre ossos de inocentes, construído
Com lágrimas dos pobres, nunca serve
De glórias ao seu autor, mas sim de opróbrio.

GONZAGA, Tomás Antônio. Cartas chilenas. In: COSTA, Cláudio M. da; GONZAGA, Tomás A.; PEIXOTO, Alvarenga. *A poesia dos inconfidentes*. Rio de Janeiro: Nova Aguilar, 1996. p. 814.

Todas as alternativas abaixo apresentam características desse estilo literário, presente nos versos acima citados, EXCETO:

a. Valorização do ideal da vida simples e tranquila.
b. Tendência ao discurso em forma de diálogo do eu poético com um interlocutor.
c. Utilização de linguagem elegante, rebuscada e artificial.
d. Intenções didáticas, expressas no tom de denúncia e sátira.
e. Caracterização do poeta como um pintor de situações e não de emoções.

6. (UFRRJ) LIRA XI

Não toques, minha musa, não, não toques
    Na sonorosa Lira,
Que às almas, como a minha, namoradas,
    Doces canções inspira;
Assopra no clarim, que, apenas soa,
    Enche de assombro a terra,
Naquele, a cujo som cantou Homero,
    Cantou Vergílio a Guerra.

GONZAGA, T. A. *Marília de Dirceu*. Rio de Janeiro: Anuário do Brasil, s/d. p. 30.

Marília de Dirceu apresenta um dos principais traços do Arcadismo. A opção que aponta esta característica temática, presente no texto, é

a. o bucolismo.
b. a presença de valores ou elementos clássicos.
c. o pessimismo e a negatividade.
d. a fixação do momento presente.
e. a descrição sensual da mulher amada.

7. (UFRGS – RS) Leia as afirmações abaixo sobre o Arcadismo brasileiro.

I. Os poetas árcades colocavam-se como pastores para realizarem, dessa forma, o ideal de uma vida simples em contato com a natureza.
II. O Arcadismo brasileiro, embora tenha reproduzido muito dos modelos europeus, apresentou características próprias, como a incorporação do elemento indígena e a sátira política.
III. O tema do *carpe diem*, em que o poeta expressa o desejo de aproveitar intensamente o momento presente, fugaz e passageiro, foi ignorado pelos árcades brasileiros, excessivamente racionalistas.

Quais estão corretas?

a. Apenas I.
b. Apenas III.
c. Apenas I e II.
d. Apenas II e III.
e. I, II e III.

8. (UFRGS – RS) Assinale a alternativa correta em relação a *O Uraguai*, de Basílio da Gama.

a. Trata-se de um poema épico em que autor ataca o governo português.
b. O poema representa um marco importante na passagem do Arcadismo ao Barroco.
c. No poema, o autor evidencia simpatia para com as atitudes intervencionistas do Marquês do Pombal.
d. O poema segue a estrutura camoniana de *Os Lusíadas*, mantendo o teor tradicional das cinco partes da epopeia.
e. O poema narra a luta entre os exércitos português e espanhol pela dominação das Missões Jesuíticas.

9. (UFSM – RS) Autor de *Obras Poéticas*, apresenta, em suas composições, motivos árcades. Assinale a alternativa que identifica esse autor, associando, corretamente, seu nome à característica presente nessa obra.

a. Cláudio Manuel da Costa – desencanto e brevidade do amor
b. Basílio da Gama – preocupação com feito histórico
c. Tomás Antônio Gonzaga – celebração da natureza
d. Basílio da Gama – inspiração religiosa
e. Tomás Antônio Gonzaga – celebração da amada

10. (UEL – PR) Tomás Antônio Gonzaga certamente adotou os valores da poesia neoclássica, mas em *Marília de Dirceu*

a. percebe-se o quanto o poeta desprezava as convenções do bucolismo literário.
b. ainda ocorrem torneios de linguagem nitidamente barrocos.
c. a sátira ao Governador de Minas faz lembrar os momentos mais ferinos de Gregório de Matos.
d. a convenção bucólica combina-se com um confessionalismo amoroso que já foi reconhecido como pré-romântico.
e. a amada do poeta deixa de ser associada à figura convencional da pastora.

11. (UFRGS – RS) Com base nos fragmentos a seguir, extraídos da Lira II, da obra *Marília de Dirceu*, de Tomás Antônio Gonzaga, assinale com V (verdadeiro) ou F (falso) as afirmações que seguem.

"Pintam, Marília, os Poetas
A um menino vendado,
Com uma aljava de setas,
Arco empunhado na mão;
Ligeiras asas nos ombros,
O tenro corpo despido,
E de Amor ou de Cupido
São os nomes que lhe dão."

[...]

"Tu, Marília, agora vendo
De Amor o lindo retrato,

Contigo estarás dizendo
Que é este o retrato teu.
Sim, Marília, a cópia é tua,
Que Cupido é Deus suposto:
Se há Cupido, é só teu rosto,
Que ele foi quem me venceu."

( ) Na primeira estrofe, o poeta descreve uma figura representativa do amor na mitologia clássica.
( ) Na primeira estrofe, a amada Marília é alertada sobre a violência que se esconde por detrás da superfície do amor.
( ) Na segunda estrofe, o poeta transfere o retrato de Cupido para o rosto vencedor de Marília.
( ) Na segunda estrofe, o poeta confessa à amada a sua rendição em relação aos poderes do amor.

A sequência correta de preenchimento dos parênteses, de cima para baixo, é

a. V – V – F – F.
b. V – F – V – V.
c. F – F – V – V.
d. V – F – F – V.
e. F – V – F – F.

12. (UFLavras – MG) "Que diversas que são, Marília, as horas
Que passo na masmorra imunda, e feia,
Dessas horas felizes já passadas
Na tua pátria aldeia!"

Esses versos de *Marília de Dirceu*, de Tomás Antônio Gonzaga, caracterizam:

a. a primeira parte da obra, o namoro.
b. a felicidade da futura família.
c. o sonho de realizar a Inconfidência.
d. a segunda parte da obra, a cadeia.
e. o sonho de um futuro feliz ao lado da amada.

GABARITO: 1. *d*; **2.** *c*; **3.** *a*; **4.** *d*; **5.** *c*; **6.** *b*; **7.** *c*; **8.** *c*; **9.** *a*; **10.** *d*; **11.** *b*; **12.** *d*